# 쇼펜하우어

인생론 에세이

# 사랑은 없다

쇼펜하우어

인생론 에세이

# 사랑은 없다

초판 1쇄 | 펴낸날 2004년 5월 15일
57쇄 | 펴낸날 2022년 2월 10일
2판 1쇄 | 펴낸날 2022년 8월 22일
5쇄 | 펴낸날 2023년 8월 21일

지 은 이 | 쇼펜하우어
옮 긴 이 | 이동진
펴 낸 곳 | 해누리
펴 낸 이 | 김진용
편집책임 | 조종순
디 자 인 | 신나미
마 케 팅 | 김진용

등 록 | 1998년 9월 9일(제16-1732호)
등록변경 | 2013년 12월 9일(제2002-000398호)
주 소 | (07265) 서울특별시 영등포구 당산로 20길 13-1
전 화 | (02)335-0414 팩스 | (02)335-0416
전자우편 | haenuri0414@naver.com



ISBN 978-89-6226-128-8 03890

# 쇼펜하우어

인생론 에세이 *Arthur Schopenhauer*

# 사랑은 없다

이동진 옮김

# CONTENTS

〉〉 쇼펜하우어. 1859년

# 쇼펜하우어의 자기 소개서

다음 글은 1819년 쇼펜하우어가 31세에
베를린대학에 제출한 자기 소개서의 전문이다.

내가 살아온 지난 생애에 대한 글을 쓰려고 펜을 드니, 다른 글을 쓸 때보다 훨씬 할 말이 많은 것 같다. 내가 대학에서 배우고 연구하고 탐구한 철학이라는 학문은 다른 직업처럼 우연히 이루어진 것은 아니었다.

나는 철학을 남들의 권유로 시작한 것이 아니고 남들이 내게 연구를 맡긴 것도 아니다. 오직 나 스스로의 자유의지로 선택한 것이다. 따라서 내가 지금 여기까지 걸어온 학문의 길은 즐겁고 쉬웠던 일이 아니라 곳곳에 장애물과 함정이 매복해 있는 험난한 길이었다. 그래서 처음에는 몹시 당황했었다.

나는 1788년 2월 22일 독일의 단치히에서 태어났다. 존경하는 아버지 하인리히 플로리스 쇼펜하우어는 부유한 상인으로 폴란드 왕국의 궁정 고문관이었고, 어머니는 여러 문학 작품을 쓴

>>단치히의 올리바에 있는 쇼펜하우어의 시골 저택

유명 작가로 처녀 시절의 이름은 요한나 헨리에테 트로지나였다.

어머니는 영국 체류 중에 출산을 위해 긴급히 귀국했기 때문에 조금만 늦었더라도 나는 영국에서 태어날 뻔했다. 아버지는 남들이 자신을 궁정 고문관으로 부르는 것을 달갑게 여기지 않았다. 성격이 엄격하고 급했지만 늘 품행이 바르고 정의감이 강해서 신의를 중요하게 여겼으며 사업에 뛰어난 통찰력을 가지신 분이었다.

나는 아버지의 신세를 너무 많이 지고 살았다. 그럴 만한 몇 가지 이유가 있었다. 아버지께서는 내가 철학을 선택한 것을 칭찬했지만 썩 마음에 들어하지는 않으셨다. 아무튼 나는 사업가 아버지 덕택에 젊어서부터 실용적인 지식과 경험을 많이 쌓았다.

나는 자유로웠고 여가를 즐겼으며, 내가 천직이라고 믿는 철학자가 되기 위해 필요한 조건을 갖추고 있어서 내 목표를 추구하는 데 아무런 장애가 없었다. 또한 나는 청 · 장년기에 접어든 후에도 아버지 덕분에 학문에만 정진할 수 있는 조건과 환경을 누릴 수가 있었다. 내 성격이나 기질로 보면 그것은 아주 바람직한 일이었다.

즉, 나는 돈벌이를 위해 애쓰지 않아도 되었고, 남보다 시간이 많아서 아주 오랫동안 철학 연구와 명상으로 보낼 수 있었을 뿐만 아니라 모든 번거로움에서 벗어나 아무 방해도 받지 않고 학문 연구에 몰두하고 사색하고 글을 쓸 수 있었다. 그것은 모두 아버지의 덕택이었다.

>>쇼펜하우어의 아버지
하인리히 플로리스(1747~1805)

아마 어느 제왕이라도 내게 그런 특혜는 주지 못했을 것이다. 그래서 나는 살아 있는 한 아버지의 은혜를 마음속에 깊이 새기며 아름다운 추억을 간직했다.

1793년 당시는 프러시아 왕이 단치히시를 다스리고 있을 때였다. 왕은 국민들에게 선정을 베풀어 존경을 받고 있었다. 아버지는 자유보다 고향을 더 사랑하셨다. 그래서 프러시아 군대가 단치히에 쳐들어오자 아버지는 공화국의 멸망을 두고만 볼 수가 없었다.

아버지는 프러시아 군대가 단치히를 점령하기 몇 시간 전에 가족을 이끌고 단치히에서 빠져나가 하룻밤을 교외의 별장에서 지낸 다음, 이튿날 함부르크를 향했다. 그 바람에 우리 집은 막대한 재산을 포기해야 했다. 아마 그 당시 아버지는 자기 재산의 10분의 1쯤은 나라에 바쳤을 것이다.

그 당시 내 나이는 겨우 다섯 살이었다. 나는 그때 고향을 떠난 후로 다시는 고향에 돌아가서 정착하지 못했다. 나는 고향을

>> 쇼펜하우어의 여동생
아델레 쇼펜하우어(1797~1849)

잃고 함부르크로 거처를 옮겼다. 아버지는 함부르크에 살면서도 끝내 시민권을 얻지 않고 외국인에 관한 법률에 의해 보호시민으로서 살았다.

내게는 여동생이 하나 있었다. 아버지는 나를 사업가로 키우는 한편, 고귀한 인품을 지닌 인간으로 만들려고 노력했다.

우선 아버지는 내가 프랑스어에 능통해야 한다고 생각해서, 1797년 영국과 프랑스로 여행을 떠날 때 아홉 살이었던 내게 개인 교수까지 붙여서 데리고 갔다. 파리를 구경한 후에 우리는 르아브르에 갔다. 아버지는 나를 완전히 프랑스인처럼 만들려고 르아브르의 친구 집에 나를 맡겼다. 아버지의 친구는 선량하고 착한 분이어서 나를 마치 친아들처럼 대해 주었으며 또래의 아들과 함께 나를 정성껏 가르쳤다.

우리 둘은 개인 교사로부터 여러 지식과 교양을 배웠으며 프랑스어 이외에 여러 가지 학과를 배우고 라틴어 기초도 배웠다. 그 덕분에 나는 라틴어를 들어도 생소하지 않게 되었다. 센 강가의 바다를 낀 이 아름다운 도시에서 유년시절 중 가장 행복한 시기를 보냈다.

그곳에서 2년 동안 머문 후 나는 혼자 배를 타고 함부르크로 돌아왔다. 아버지는 내가 프랑스 사람 못지않게 불어를 잘하자 무척 좋아했다. 그 대신 나는 독일어를 거의 잊었기 때문에 나에게 세상의 이치를 가르치는 데 무척 힘들어하셨다.

>> 함부르크의 쇼펜하우어 집.

함부르크에서 나는 명문 집안의 자제들에 관한 교육 지침서를 낸 철학박사 룽게 씨가 교장으로 있는 사립학교에 입학했다. 나는 그 학교의 훌륭한 선생님들 밑에서 교양인에게 필요한 모든 과목을 철저히 배웠다. 그 학교에서는 라틴어를 일주일에 한 시간씩 가르쳤는데 그나마도 형식적이어서 별 도움을 받지 못했다.

그 학교에서 4년의 학업을 마치면서 나는 일생을 학자로서 살겠다는 결심을 했고, 철학 연구에 대한 깊은 열망에 사로잡혀 있었다. 나는 아버지에게 나의 장래에 대해서 너무 기대를 하지 말 것과 아버지가 원하는 일을 무리하게 시키지 말 것과 특히 아버지처럼 나를 사업가로 만들 생각을 하지 말아달라고 간청했다.

그런 나에 대해 아버지는 불만이 컸다. 특히 내가 학자가 되려고 하는 것을 못마땅하게 여겼다. 아버지는 자기 생각이 가장 옳은 것이라고 믿고 있었으므로 자기 고집과 주장을 좀처럼 꺾으려고 하지 않았다. 나 역시 내 고집을 꺾지 않았다. 나와 아버지의 대립 상태는 거의 일 년 이상 계속되었다.

그러자 룽게 박사가 아버지에게 내가 사업가보다는 학문에 뜻이 더 강하고 적성에도 맞는다는 충고를 해주었다. 그제서야 아버지는, 썩 내키지는 않았지만, 내 말을 받아들여 김나지움(고등학교)에 입학시켜 주겠다고 약속했다.

아버지는 나를 사랑하셔서 내가 무엇보다 안정된 생활을 하길 원했다. 당시에는 학자들은 가난뱅이들이었으므로 내가 학자가 되어 고생스럽게 살지 않도록 해주고 싶었던 것이다. 아버지는 장래에 나를 함부르크의 카논(교회 운영위원)으로 만들 생각으로 거기에 필요한 여러 조건을 검토했다. 하지만 카논이 되려면 돈이 너무 많이 들어서 포기하고 당분간 내 장래 문제는 보류되었다.

아버지는 얼마간 세월이 지나면 내 마음이 바뀔 것으로 기대했던 모양이다. 자유 분방하고 자유로움을 추구하는 아버지는 강제로 자기 의견을 관철시키지 않고 여러 방면으로 내 마음을 떠보았다.

아버지는 내가 세계 여행을 하고 싶어하고 그리운 옛 친구들과 만나기 위해 르아브르에 가고 싶어하는 것을 알았다. 아버지는 만일 내가 학자의 길을 포기하면 어머니와 함께 유럽 여행을 시켜줄 뿐만 아니라 르아브르에도 보내주겠지만, 만일 끝내 학자가 되기를 원한다면 라틴어를 배우기 위해 함부르크에 남으라고 말했다.

아버지는 내게 양자택일을 원했다. 나는 깊은 고민 끝에 아버지의 유혹을 끝내 뿌리치지 못했다. 당시 젊은 나에게는 세계여행과 르아브르 방문은 뿌리치기 힘든 유혹이었던 것이다. 마침내 나는 아버지의 소망대로 사업가가 되겠다고 약속하고 말았다.

1803년 봄, 15세인 나는 부모님과 함께 함부르크를 떠나 세계 여행길에 올랐다. 우리는 먼저 네덜란드를 방문하고 프랑스를 거쳐 영국으로 건너갔다. 두 달 반 동안 런던에 머문 후에 부모님은 스코틀랜드로 떠나고, 나 혼자 런던 근교의 성직자 집에 머물게 되었다.

아버지가 나를 거기 둔 것은 내게 영어를 가르치기 위해서였다. 나는 거기서 3개월 동안 영어를 배웠다. 다시 부모님과 함께 한 달 반 동안 런던에 살다가 다시 네덜란드에 가서 겨울을 보내기 위해 벨기에를 거쳐 파리로 갔고, 우리는 파리에서 르아브르를 방문하였다.

이어서 우리는 보르도, 몽펠리에, 님, 마르세이유, 툴롱, 이에르 제도를 찾았다. 그리고 리옹을 거쳐 스위스 전국을 샅샅이 여행하고 빈과 드레스덴, 베를린을 거쳐 단치히에 도착하였다. 그리고 그리운 옛 고향을 찾아가서 2년을 살고, 1805년 초에 함부르크로 돌아왔다. 2년에 걸친 긴 여행기간 동안 나는 고전을 배워야 할 소중한 시간을 허비했지만 지금 생각해보면 그 기간이 내게 대단히 유익하고 의미 깊은 것이었다.

그 여행을 하지 않았다면 얻을 수 없었으리라고 생각되는 많은 이득들을, 아니 그보다 더 뜻깊은 것을 얻게 되지 않았나 생각하고 있다.

나는 호기심이 많은 민감한 청년시절에 인간의 영혼에 관해 깊은 관심을 기울였고 다른 모든 사물에 대해서도 깊은 관심을 가졌다. 나는 그런 것들에 대한 지식이 전혀 없었지만 깊은 통찰력을 갖기를 원했다.

따라서 세상 사물의 모습이나 변화에 관한 여러 이론들을 배웠다. 그 때문에 나는 훗날에도 사물들에 관해 잘못된 인식에 빠지는 위험을 피할 수 있었다. 긴 여행이 끝난 후에 함부르크에 돌아와서 나는 아버지와의 약속대로 사업을 배워야 했다.

나는 함부르크의 사업가이자 시의 운영위원으로 있던 분의 견습생 노릇을 해야 했지만 성격이 너무 안 맞았다. 자연히 사업을 배우는 일에는 등한히 하고 책을 읽거나 사색과 공상에 빠지는 일이 많았다.

나는 견습시절에 사업장에 늘 책을 감춰두고 남의 눈을 피해 독서에 빠졌다. 마침 유명한 천문학자이자 인간의 두개골에 관한 학문의 창시자인 가르가 함부르크에 왔다. 나는 그 강연을 들으려고 날마나 사장의 눈을 피해 사업장을 빠져나갔다.

그리고 날이 갈수록 나는 잘못된 인생의 길을 가고 있다는 절망감에 빠졌다. 그런 인식은 내게 큰 고통이었다. 아버지가 돌아가신 것은 바로 그 시기였다. 나는 큰 충격에 빠졌으며 오랫동안 비통한 시간에서 헤어나지 못하고 거의 우울증에 가까운 증세까지 보였다. 아버지를 잃은 후에도 나는 곧 진로를 바꾸지 못했다. 아버지의 뜻을 배반하는 일이 내 양심을 무척 괴롭혔기 때문이었다.

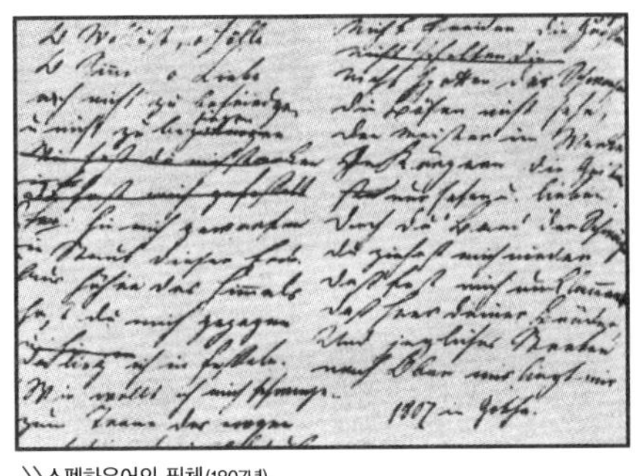
>>쇼펜하우어의 필체(1807년)

게다가 학문을 위해 다시 고전어학을 공부할 시기도 지나서 나는 견습 사업가의 일을 계속하고만 있었다. 하지만 나는 그리스 신화에 나오는 여자 예언자 시빌라가 타르키니우스의 사람들을 다룬 것처럼 새로운 운명이 나를 이끌고 있다고는 꿈에도 상상하지 못했다.

나는 거의 2년 동안 사업가 견습생활을 하면서도 결국은 시간만 낭비하고 있었다. 그 생활이 거의 끝날 무렵에 나는 바이마르에 사시는 어머니에게 편지를 썼다.

편지는 당연히 최근의 내 심경을 하소연하는 내용이었다. 나는 삶의 목적을 잃고 헛된 세월을 보내고 있으며, 젊음도 활기를 잃었고 이젠 나이도 차서 다른 일을 시작할 수도 없게 되었다는 하소연이었다.

그때 어머니의 친구이자 저명인사인 페르노프가 내 편지를 읽고 답장을 보내주었다. 내가 지금까지 보낸 세월은 헛된 것이 아니라며, 늦은 나이에 학문을 시작한 유명한 학자들을 예로 들면서 지금부터라도 고전어 공부를 시작하라고 충고해 주는 편지였다.

나는 그 편지를 받고 너무 감격하여 눈물을 흘렸다. 깊은 회한과 갈등에 사로잡혀 있던 나에게 새로운 결심을 굳히게 만든 편지였다. 나는 곧 사업가 견습과정을 그만 두고 바이마르로 떠났다. 그때가 1807년, 내 나이 19세가 되던 해였다.

1819년
베를린 대학에서
쇼펜하우어

# 쇼펜하우어의 생애와 사상
## 베를린대학 — 그 이후

쇼펜하우어는 독일의 단치히에서 은행가인 아버지와 여류작가인 어머니 사이에 태어났다. 그의 자술 소개서에도 나타났듯이 그는 평생 동안 돈 걱정 없이 학문에 몰두할 수 있는 부유한 집안에서 태어났다. 1793년 그의 고향 단치히가 프러시아에 합병될 즈음 함부르크로 이사했다.

1805년에 아버지가 세상을 떠난 후, 고타 고등학교를 거쳐 1809년부터는 괴팅겐대학에서 철학과 자연과학을 공부하고 G.E.슐체의 강의를 들었으며, 이어 1811년에 베를린대학에서 공부하면서 피히테와 슐라이어마허로부터 철학을 배웠다. 1813년에는 예나대학에서 학위를 받았다.

〉〉고틀로프 에른스트 슐체

그러나 이 시기를 전후해서 작가인 어머니 요한나와의 불화와 대립이 시작되었다. 그로 인해 쇼펜하우어는 깊은 고

>>괴테(1817년 8월 22일)

뇌와 갈등에 빠져 쇼펜하우어 특유의 여성 혐오감과 멸시의 싹이 텄다.

그는 바이마르에서 대문호 괴테와 사귀면서 그에게서 자극을 받아 색채론을 연구하여 〈시각과 색채에 관하여〉라는 저서를 발표했다. 이어 동양학자 F.마이어와의 교우 관계를 통해 인도의 고전에 눈을 떴다. 그는 드레스덴으로 옮겨 1819년에는 대표작이라고 할 수 있는 〈의지와 표상으로서의 세계〉를 4년여에 걸친 노력 끝에 세상에 내놓았다.

이탈리아를 여행한 후 1820년에 베를린대학에서 강의를 맡았으나 당시 명성이 높았던 철학자 헤겔의 압도적 인기에 밀려 사직했다. 1831년에는 당시 유행하던 전염병 콜레라를 피해 프랑크 푸르트 암마인으로 옮겨 평생을 그곳에 정착했다.

그의 철학은 칸트의 인식론에서 시작하여 피히테, 셸링, 헤겔 등의 관념론적 철학자들의 이론에 반기를 들었지만 근본 사상이나 체계는 독일 철학자들의 관념론에서 벗어나지 않는다. 그러나 플라톤의 이데아나 인도의 베다 철학에 영향을 받은 탓으로 세상에 대한 깊은 회의와 부정적 시각이 강해 소위 염세 사상이 그의 철학에 깊이 깔려 있다.

그는 칸트처럼, 인간의 인식의 대상으로 눈앞에 펼져지는 세계는 시간과 공간의 범주, 특히 인과율(因果律)이라는 인간의 주관적인 인식의 형식으로 구성되는 표상일 뿐, 그것 자체로서 존재하는 것은 아니라고 말한다.

또한 우리 인간의 삶은 끊임없는 욕구로 고통이 계속 존재할 수밖에 없기 때문에 우리가 그 고통에서 벗어나기 위해서는 욕구가 없는 해탈이 필요하다고 역설하고 있다. 그것은 인간의 의지는 부정되고 눈에 보이는 형상세계는 무로 돌아가는 것, 즉 불교가 말하는 열반에 의해서만 가능하다고 믿고 있다.

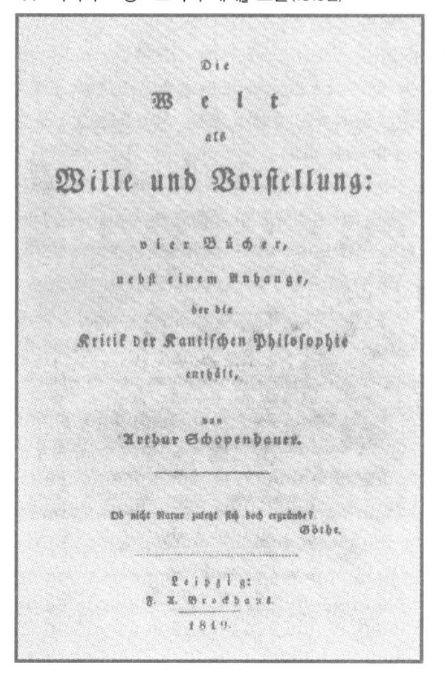
Die

Welt

als

Wille und Vorstellung:

vier Bücher,

nebst einem Anhange,

der die

Kritik der Kantischen Philosophie

enthält,

von

Arthur Schopenhauer.

Ob nicht Natur zuletzt sich doch ergründe?

Göthe.

Leipzig:

F. A. Brockhaus.

1819.

>>『의지와 표상으로서의 세계』 초판(1819년)

이처럼 쇼펜하우어는 엄격한 금욕생활을 통해 인도 철학의 해탈과 정적을 이상의 경지로서 제시하고 있다. 그래야만 인간은 자아의 고통에서 벗어날 수 있다는 것이다. 또한 다른 사람들의 고통을 함께 나누는 것을 최고의 덕과 윤리로 바라보았다.

쇼펜하우어의 철학 이론은 그가 살아 있을 때는 세상에서 인정받지 못했지만, 19세기 후반에 염세적 사상이 대두되면서 크게 보급되어 니체의 권력 의지와 함께 니힐리즘으로 이어져서 현대 철학 사상에 큰 영향을 끼쳤으며, 바그너의 음악과 하르트만, 도이센의 철학 등 여러 예술 부문에 크게 수용되었다.

》 젊은 시절의 쇼펜하우어(1818년).
루트비히 지기스문트 룰의 그림

쇼펜하우어의 허무주의적 염세 철학관에 대한 비판은 각자의 견해에 따라서 달라지겠지만, 한 가지 중요한 사실은 쇼펜하우어를 모르고 인생론을 얘기할 수는 없다는 점이다.

쇼펜하우어는 자신이나 학문에 대해서는 철저하게 냉철한 철학자였다. 그는 평생을 독신으로 외롭게 살았지만 그가 바라본 세상은 한 마디 말로 요약된다. "나는 사람보다 개를 더 좋아한다."

그가 왜 그런 말을 했는지는 이 책을 다 읽은 후에 판단할 수 있을 것이다. 따라서 이 책은 그가 살았던 죄악의 세상에 대한 해부도라고 말할 수 있다.

— 편집자

제1장

# 사랑은 없다

## 사랑이 목숨과 바꿀 만큼 일생의 중대한 사건일까?

남녀간의 사랑은 그 불길이 일정한 수준에 이르면 다른 어떤 정열보다 압도적인 위력을 발휘한다. 그 힘은 욕구를 충족시키기 위해 목숨까지도 내걸 만큼 강력하다. 사랑에 빠져 목숨을 바친 젊은 베르테르나 야곱, 혹은 올티스 같은 사람들은 단지 소설 속의 주인공에 그치는 것이 아니라 우리 주위에서 흔히 볼 수 있는 사람들이다.

그들이 사랑 때문에 고뇌한 흔적은 신문이나 잡지의 가십 거리로 간략하게 보도될 뿐이고, 그들이 죽은 후에는 구청 호적계 직원의 손에 의해 간단하게 말소 처리될 뿐이다.

하지만 죽는 사람들보다 사랑의 정열에 사로잡혀 정신병원에서 치료받고 있는 사람들은 더 많다. 그런데 내가 이해할 수 없는 것은 그들이 서로 사랑하고 둘만의 행복을 확신하면서 왜 사회적 관습을 과감하게 끊지 못하고 죽어서 자신들이 그토록 확신했던 행복을 저버리는가 하는 점이다. 사랑은 그처럼 목숨과 바꿀 만큼 일생의 중대한 사건임에는 틀림없다.

철학자 플라톤은 자신의 저서 〈향연〉에 사랑에 관한 많은 격언을 남겼다. 하지만 그가 내린 정의는 신화나 우화 혹은 훈시에서 벗어나지 못했으며 그것도 주로 그리스인들에 관해서만 썼다.

루소의 사랑론은 미흡한 데다가 설명이 잘못 되었으며, 칸트는 겉만 훑고 지나간 데다가 어떤 대목에서는 완전 문외한이라고 할만큼 불확실하다. 스피노자의 정의는 아주 간단하므로 여기서 인용해 보겠다. "남녀간의 사랑은 외적 원인을 통해서 얻게 된 쾌락에 불과하다."

나는 선배 철학자가 한 말을 논평할 입장이 못 되기 때문에 더 이상 언급은 피하겠다. 그러나 연인들의 말을 들어보면 자기들만이 이 세상에서 가장 숭고하고 멋진 사랑을 하고 있는 것처럼 말하면서 사랑을 별나라의 수식어로 찬미하고 있다.

내가 여기서 내리는 정의가 너무 형이하학적이라고 비난하지 말기를 바란다. 왜냐하면 내 결론은 절대적이며 형이상학적이라는 생각이 들기 때문이다.

## 사랑은 아무리 미화되어도 성욕이 우선이다

먼저 내 말을 비판하기 전에 잘 들어보기 바란다. 우선 지금 당신이 죽도록 사랑하는 연인의 나이를 18살쯤 깎아보자. 당신의 연인이 25살이라면 7살이 될 것이다. 당신은 7살의 어린 아이를 거들떠보겠는가?

여기서 내가 강조하고 싶은 말은 이 세상의 모든 남녀의 사랑은 아무리 별나라의 모습을 하고 있더라도 성욕이라는 본능을 근거로 하고 있다는 것이다. 즉 남녀간의 사랑은 예외 없이 이 본능이 특수화되고 한정되고 개체화된 것뿐이다.

그 점을 염두에 두고 생각해보자. 소설이나 희곡 작품에도 남녀간의 사랑은 자기 보존의 본능이 성욕 속에 강력하게 작용하고 있다고 말하고 있다. 성욕은 모든 행위 중에서도 가장 적극적이고 능동적으로 작용한다.

그리고 성욕은 젊은 시기에 가장 활발하며 정력과 생각의 대부분을 강제로 동원시키는 힘을 가졌다. 그리고 그 힘은 모든 노력의 최종적인 목표가 되기도 한다. 성욕은 자기가 하는 일에도 큰 영향력을 행사한다.

그것은 가장 진실한 일도 당장 중지시킬 수 있으며, 위대한 정신도 혼란시킬 수 있고, 아주 중요한 외교 문제를 다룰 때나 학술 연구에 몰두해야 할 때에도 염치없이 불쑥불쑥 나타나 연인의 말 한 마디에 판단을 그르치기도 한다.

위대한 정치가의 결재서류철이나 철학자나 작가의 원고지 속에 사랑은 뜨거운 감정으로 끼어들어 몰염치한 사건을 일으키기도 하고, 친구의 우정을 끊어버리고, 견고한 마음의 사슬도 풀어버리며, 많은 사람들을 희생시키고 생명이나 건강, 부귀, 영화나 지위, 행복을 간단히 쓸어버리기도 한다.

또한 사랑은 정직한 사람을 철면피로 만들고, 충신을 반역자로 변질시키며 흡사 악마처럼 모든 것들을 뒤집어엎고 찢어버리고 파멸시킨다. 성욕이 부리는 행패는 이루 헤아릴 수가 없을 만큼 많다. 잘 생각해 보면 수긍이 갈 것이다.

## 사랑의 고뇌와 환락은 인류의 종족 유지 본능이다

그렇다면 성욕은 왜 우리를 불행에 빠뜨리는가? 그 해답은 너무 간단하다. 사람들은 저마다 자기에게 알맞은 꽃을 찾기 때문이다. 꽃이 사랑하는 사람이라면 그는 자신의 운명이 된다, 모든 사랑은 비극이든 희극이든 가장 엄숙한 것이며 가장 많은 사람들이 악착같이 추구하고 있는 인생 최대의 이슈이다.

그 이유는 사랑을 통해 자신들의 후계 세대가 형성되기 때문이다. 쉽게 말하면 인류가 가진 종족 보존 본능의 행위가 바로 사랑을 통해서만 이루어질 수 있다는 뜻이다.

오늘 우리들이 선 무대에 앞으로 우리 대신 등장할 배우들은 우리가 마련해야 한다. 그들은 우리들이 본능적으로 가진 성행위 속에 숨겨진 애욕에 의해 그들의 존재와 성격이 결정된다. 그 점에서는 어떤 에누리도 없다. 남녀간의 사랑의 핵심은 바로 여기에 있다.

남녀간에 엄숙하고 뼈에 사무친 사랑의 고뇌와 환락은 바로 인류의 종족 유지라는 대전제 안에서 이루어지고 있다. 만일 그게 아니라면 인류는 그 엄숙하고 고뇌에 찬 사랑에 자신의 목숨을 바치지도 않았을 것이며 사랑이 생의 목표가 되지도 않았을 것이다.

우리는 살아남지 않고는 이 땅에 존재할 수가 없다. 살아남기 위해서는 종족 유지 본능은 필수적이며, 그러기 위해서 남녀간의 사랑은 반드시 애욕적일 수밖에 없다.

그게 아니라면 인류는 일찍이 종족 유지의 실패로 종의 멸망을 초래했을 것이며, 우리가 그토록 찬미하는 아름다운 이 세상을 종족 유지 본능에 엄청나게 치열하고 끈질긴 다른 곤충들이나 동물들에게 넘겨주고 말았을 것이다. 물론 지금 당신도 존재하지 못했을 것이다.

바로 인류가 오늘날 이 땅을 지배하고 살 수 있는 원동력, 즉 종족 유지 본능을 가능하게 만드는 남녀간의 사랑이 문학의 영원한 테마가 될 수 있었던 것은 바로 그 이유 때문이라는 것을 부인할 사람은 아무도 없다.

그리고 그것만큼 인류에게 큰 감동을 줄 수 있는 문학적 테마는 있을 수 없다. 한편의 감동적인 희곡이 사랑을 다루지 않고 재미있기를 바라는 것은 연목구어이다. 따라서 인류가 태어난 이래 끝없이 다루어온 그 낡아빠진 사랑의 테마가 오늘도 여전히 사람들에게 감동을 주는 것이다.

결국 남녀간의 사랑은 아무리 낡아빠진 통속적인 테마라고 해도 결코 버릴 수 없는 문학적 테마이자 인류 공통의 자산이자 유산인 것이다.

## 고결한 정신적 사랑도 에로스를 목표로 하여 진행된다

인간의 사랑이란 절대적인 생존 의지 그 자체이다. 생존 의지라니, 얼마나 대단한 말인가! 그것이 바로 내가 늘 말하는, 살려고 하는 의지 그 자체이다. 그리고 살려고 하는 의지는 바로 성욕을 통해서 그 모습을 분명히 드러내고 있다. 그것은 교묘하게도 사랑이라는 이름으로 위장되어 있다.

그것이 절대적 생존 의지라는 큰 목표가 아니라 그저 단순한 감정의 사치나 자존심이나 아니면 쾌락이거나 지배욕이나 명예욕이라면, 도대체 그런 하찮은 일에 그토록 많은 연인들이 그렇게 큰 난리를 칠 이유가 어디 있겠는가?

위대한 성자나 고매한 철학자에게 질문해도 그것이 결코 사소한 일이 아니라는 해답을 얻을 수 있으며, 그 중요성은 그 어느 것에도 비교할 수 없을 만큼 크다.

따라서 다시 말하지만 모든 사랑의 목적은 그것이 비극이거나 희극이거나 인생의 여러 목적 중에서도 가장 장엄하고 소중한 것이기에 사람들은 그렇게 악착같이 대드는 것이다.

많은 사람들이 사랑에 목숨을 건 사람들의 위대성을 찬미하고 노래하고 기리는 이유는 그것이 바로 절대적인 생존 의지를 배경으로 하고 있으며, 바로 그 뒤에는 인류의 종족 유지라는, 신이 준 절대적인 사명감도 함께 들어있기 때문이다. 따라서 자신의 연인에 대한 절대적인 사랑과 찬미가 아무리 훌륭하고 아름다운 시라 해도 그 최종 목적은 오직 인류의 종족 유지라는 사명감을 완수하는 데 있다는 것을 잊어서는 안 된다.

왜냐하면 사랑하는 사람이 서로 정신적 사랑으로만 만족하지 않고 육체 관계를 목표로 하고 있다는 것과, 아무리 둘이 사랑을 확신하고 있어도 공간적으로 멀리 떨어져 있으면 아무런 위로가 되지 않는 것을 보면 알 수 있다.

## 첫눈에 반하는 사랑의 눈빛 속에는 이미 아기의 살려는 의지가 들어 있다

이성간의 사랑의 본질은 언제나 어디서나 똑같다. 두 사람이 불이 붙었다는 것은 상대의 특성이 각각 동성에 비해 뛰어나고, 사랑을 베푸는 자와 받는 자가 서로 주고받는 기대와 욕구가 잘 적응하는 경우에 해당된다.

남녀간의 사랑은 우선 건강하고 체력이 뛰어나며 아름다움을 갖춘 상대를 선호하고 존중한다. 누구나 상대방에게 그런 조건을 갈망한다.

그 이유는 인간의 생존 의지가 본능적으로 기능을 강조하고 있기 때문이다. 아무리 평범한 사랑도 이 조건에서 벗어나지 않는다. 이 조건이 잘 갖추어질수록 사랑은 더욱 강렬해진다. 그러나 두 사람의 이상적인 커플이 만나는 경우는 거의 없다.

그래서 남자는 여자에게서 자신의 특질에 가장 잘 적응할 수 있는 여자를 찾아내려고 애쓴다. 바로 남자가 그런 여자를 찾아내려는 노력 속에는 무의식적이라도 2세에 대한 잠재적인 형상을 염두에 두고 있다.

하지만 두 사람이 아무리 몸과 마음과 성격과 체질이 잘 맞는 천생연분이라 하더라도 성적인 부조화가 생기거나 혹시 우정에 그쳐서 서로 맺어지지 못하면 그것은 둘이 2세를 만들어낼 결합의 가능성이 없기 때문이다. 한 마디로 두 사람의 관계가 깨지는 것은 태어날 아기의 살려는 의지가 원하는 설계에 그들이 적합하지 않기 때문이다.

그와 반대로 여러 외적 조건이 조화되지 못하거나 다른 사람이 보기에 혐오스러운 커플의 사랑이 성립되는 경우도 있다. 그럴 때 주위의 조건으로 두 사람이 결합하지 못하면 그들은 반드시 불행하게 된다.

그 이유는 확실히 밝혀낼 수는 없지만 겉으로는 조화롭지 못하지만 눈에 띄지 않는 조화가 두 사람의 사랑을 부추기고 있기 때문이다. 그것은 어쩌면 인류 종족 유지 정신(플라톤의 '이데아' 와 거의 유사한 의미)의 자연스러운 의도인지도 모른다.

이성 관계란 서로 마음은 안 맞지만 육체 관계로 만족이 유지되는 경우도 많다. 거기에는 강제 결혼도 있고, 돈으로 환산되는 성 관계나 간음도 있을 수 있고, 자녀만을 목적으로 한 어떤 결합도 가능할 수 있다.

이렇게 인간의 다음 세대는 이미 성욕의 만족을 추구하고 있는, 사랑이라는 용의주도하고 끈기 있는 이성 선택에서 완벽하게 드러나고 있다. 그 배경에는 이미 두 사람 사이에서 탄생시키려는 새로운 개체, 즉 아기의 살려는 의지가 내포되어 있다는 것이다. 따라서 한눈에 반해서 사랑의 눈빛을 주고받는 두 사람 사이에는 이미 하나의 생명이 미래의 개성으로 작용하고 있는 것이다. 두 연인의 결합은 곧 그들 개체의 생명의 연장을 뜻하는 일이며 그 아이 안에는 그들 부모의 분신이 오래 전부터 유전자로 이전된 것이다.

이처럼 인간의 살려는 의지는 두 사람 사이에 자녀를 통해서 이루고자 하는 목표로 설정된다. 그렇게 태어난 자녀는 아버지로부터 의지와 성격을 물려받고, 어머니로부터 지능을 계승하며 양쪽으로부터 체격을 이어받지만 용모는 아버지를, 자태는 어머니를 닮게 된다.

## 여자의 순결이 남자보다 더 중요한 이유가 있다

이미 잘 알려진 대로 남자는 여자와 성 관계를 가진 후부터 그 여자에 대한 호기심이나 집착력이 현저하게 떨어지고 다른 여자에 대한 매력과 호기심이 커진다.

따라서 남자는 여자를 자꾸 바꾸고 싶어하는 대신 여자는 한 남자와 성 관계를 가진 후부터 남자와는 반대로 사랑과 집착이 커진다. 그 이유는 무엇 때문이라고 생각하는가? 이것은 신이 인류의 종족 유지를 위해 남자들에게 보다 많은 번식을 요구하고 있기 때문이다.

실제로 남자는 조건만 허용된다면 1년에 1백 명의 자기 자녀를 낳게 할 수가 있다. 그러나 여자는 아무리 남자가 많고 조건이 허용되어도 1년에 한 명 이상은 낳을 수 없다. 남자는 끝없이 다른 여자를 탐내는데 여자는 한 남자에게 충실하고 의지하려고 하는 것은 자연의 본능적인 결과일 뿐이다.

그런 관점에서 보면 순결이란 남자에게는 부자연스럽고 거추장스러운 것이지만 여자에게는 자연스러운 것이다. 따라서 옛부터 여자의 외도는 남자의 외도에 비해 훨씬 더 엄격한 도덕적 잣대로 다스려 온 것이다. 자연을 거슬렀다는 이유 때문이었다.

## 남자는 자기 특질에 잘 적응하는 여자를 만나면 미쳐버린다

사람은 개성에 따라 누구나 이성에 대한 선호도가 다르지만 아름다운 상대를 원한다는 점에서는 똑같다. 아름답다는 것은 미적 감각을 말하고, 주관적인 경향도 강해서 한 마디로 말할 수 없다. 남자들이 예쁜 여자를 원하듯, 여자들도 강건한 남자를 원한다. 그 이유는 이성이 종족 보존의 가장 순수한 형태를 간직하고 싶어하는 본능 때문이다.

그 다음으로 이성에게 작용하는 것은 자기에게 결핍된 부분을 채우려는 본능이다. 여자는 남자에게서, 남자는 여자에게서 자신이 갖지 못한 약점을 보완하고 싶어한다. 따라서 이성은 자기와는 정반대 되는 결함을 찾아내어 기꺼이 매혹되어 버린다.

그것이 다른 사람은 이해할 수 없는 남녀의 신비이다. 예를 들어 키 작은 남자는 키 큰 여자를 좋아하고, 흰 살갗을 가진 사람은 검은 살갗을 좋아하는 것이 가장 쉬운 비유 중의 하나이다. 남자는 자기가 좋아하는 여자를 발견하면 강렬한 애정의 욕구에 사로잡혀 결혼을 통해 그 여자와 누릴 수 있는 행복의 환상에 빠진다. 그처럼 놀라운 열정이야말로 인류 종족 유지에 가장 필요한 조건 중의 하나이다.

남자는 자신의 개성과 특질에 잘 적응하는 여자를 바라며, 그런 여자가 나타났을 때는 목숨을 바칠 각오로 희생적 사랑의 전사가 된다. 그가 이루려는 욕망의 의지는 정말 대단하다. 따라서 그 뜻이 이루어지지 않을 때는 파멸도 서슴지 않을 수 있는 것이다.

남자는 여자를 손에 넣기 위해서라면 어떤 무리한 결혼도 사양하지 않으며 어떤 불명예를 초래하는 성행위도 마다하지 않는다. 심지어는 범죄와 강간까지도 감행한다. 그런 일들을 우리는 늘 주위에서 보아왔으므로 새삼스러운 일이 아니다.

그렇다면 그 이유는 무엇인가? 수벌이 암벌에게 목숨을 바쳐 죽는 이유가 종족 유지본능인 것처럼 인간도 거기서 예외일 수가 없다. 인간이 본능에 좌우되는 것은 거의 성욕뿐이다. 그것은 곧 인류를 지상의 무대에 계속 존속시키려는 신의 의지 속에서 발견된다.

## 사랑의 쾌락이야말로 최대의 속임수이다

성욕은 모든 본능이 그런 것처럼 환상의 옷을 입고 의지에 작용하여 나타난다. 인간의 에로스적 환상이 바로 그것이다. 신의 프로그램 중에 이 환상을 제압할 수 있는 무기는 아직 없다. 따라서 남자와 여자가 그 마취 같은 환락에 빠져 있는 순간, 인류의 종족을 유지시키려는 신의 의지는 저절로 완성된다.

모든 개체가 성욕을 통해서 얻는 만족감은 종족 유지라는 정신의 의도에 이바지한 대가에 불과하다. 철학자 플라톤이 "성적 쾌락이야말로 최대의 속임수" 라고 말한 것은 바로 그 뜻이다.

이 견해는 동물들의 본능과 미적 감수성을 이해하는데 도움이 된다. 다른 동물들도 인간처럼 교미라는 환각의 미혹에 빠져 평생을 노예처럼 봉사하지만 결국은 종족 유지라는 목표에 헌신하고 있다.

새가 둥지를 트는 것은 알을 낳기 위해서이며, 꿀벌이나 개미가 살아 있는 동안 중노동에 열중하는 것도 앞으로 등장할 후대의 종족을 위해서이다. 거기서 인간은 예외라는 말을 할 수가 없다. 우리들은 흔히 '내가 이렇게 뼈빠지게 일하는 것은 자식 놈 하나 잘 되는 것을 보기 위한 것' 이라는 말을 듣는다. 그 말에 이의를 제기할 사람은 아무도 없다. 그 이유는 우리에게 종족 유지 본능이라는 정신이 깃들어 있기 때문이다.

겉으로 보기에 본능에 가장 큰 지배를 받는 것처럼 보이는 곤충류는 주관적 신경 계통이 뇌보다 더 발달되어 있다. 이것은 곤충들이 객관적이고 확실한 지능의 지배를 받기보다는 주관적 욕정에 지배를 받고 있다는 것을 알 수 있다. 그것은 곤충도 곧 환상이라는 생리적 현상에 사로잡혀 있다는 증거이다.

바로 그 점을 분명히 하기 위해 그 문제를 인간쪽으로 가져와 보자. 임산부는 식성이 까다로워진다. 그것은 태아에 영양을 공급하기 위해서다.

태내로 흘러가는 혈액에 변화가 일어나면서 임산부는 태아에게 가장 적합한 음식이 먹고 싶어지는 것이다. 이 본능은 지능 때문이 아니라 감각적 환상의 지배 때문에 일어난다.

여자가 남자보다 많은 본능적 욕구를 가진 것은 남자보다 훨씬 많은 신경 계통의 기능을 갖고 있기 때문이다. 이렇게 사랑은 종족의 생식을 목적으로 하는 본능에 근거를 둔, 어쩔 수 없이 수용할 수밖에 없는 운명적인 원리라는 것이 드러난다.

# 성적 판타지가 없다면 사랑의 헌신도 없다

인간은 누구나 이기주의자다. 그리고 이기주의의 본능은 뿌리가 깊다. 이기심은 타고나는 것이다. 어느 누구든 다른 사람에게 '넌 이기주의자야!' 라고 말할 자격이 없다. 단지 어느 경우나 이기주의의 비중이 다소 크거나 작게 작용하기 때문에 서로 비난할 뿐이다.

인간은 몸을 움직이는 순간 이기심이 발동된다. 따라서 생각과 동작 하나하나가 이기적인 타산이 개입되어 있다고 봐야 한다. 그러나 인간 개체의 이기심도 인류라는 커다란 집단 종족 의식의 이기주의 권능 앞에서는 무력하기 짝이 없다.

하지만 인간 개체는 이기적인 자기 욕구 충족에만 관심이 쏠려 있는데 인류의 집단의식이 개인에게 종족 유지에 희생을 강요할 수가 없다. 쉽게 말하면 국가가 국민 개개인에게 애국심을 발휘하도록 희생을 강요한다고 해도 잘 될 수가 없다는 뜻으로 이해하면 된다.

여기서 나는 인류의 집단 종족 유지의 정신이라는 말을 신이라는 말로 바꾸겠다. 그렇다. 신은 인류가 지상에 오래 살아남게 하기 위해서 인간에게 환상이라는 묘약을 심어주었다. 그것이 곧 사랑이다.

우리는 그것을 사랑이라고 말하지만 실제로 사랑에서 성적 판타지라는 묘약이 없다면 어느 남녀가 그토록 서로 만나려고 애쓰겠는가? 남녀가 데이트를 하러 갈 때 멋진 옷을 차려입고, 수없이 거울을 보는 그 처절한 노력이 성 충동 때문이 아니라면 누가 그 힘든 일을 기꺼이 하겠는가?

인간 개체가 이제 이 에로스적 환상의 묘약에 속아서 그것을 행복과 만족으로 여기고 열심히 이기적인 집착에 매달리는 동안, 신이 혹은 자연이 이루려는 인류 종족 유지의 목적은 달성되는 것이다. 이것은 누이 좋고 매부 좋은 것이지만 사실상 인간은 신의 노예가 되어버린 것이다.

인간의 성적 본능은 탐스럽고 환상적인 열매이자 묘약이다. 그리고 그것은 인류의 종족 유지에 필수적이다. 문제는 거기 있

다. 만일 인간에게 성욕이 단순히 감각적인 쾌락과 만족에만 있다면 왜 인간은 상대방 이성을 구하는데 그렇게 까다롭겠는가?

왜 내가 사랑하는 사람은 키가 커야 하고 성격은 어떻고 용모는 어떻고 건강과 가문과 재산을 따지는가? 성적 욕구가 쾌락에 그친다면 상대가 아무 여자나 아무 남자라도 그만이 아니겠는가? 우리는 그런 의문을 품을 수 있다.

그렇다면 동물들은 어떤가? 그들도 성적 만족을 위해 그렇게 까다롭게 짝을 고르는가? 우리가 동물이 되어보지 않았기 때문에 그들 내면에 이성 선택에 어떤 기준이 있는지 알 수는 없지만 적어도 인간만큼 짝을 고르는 데 그토록 진지한 선택과 노력은 하지 않는다.

따라서 세상을 살아가는데 수없이 닥치는 위험과 재난에서도 불구가 되지 않고 건강하고 아름다운 후손을 유지하기 위한 인간의 눈물겨운 노력이 곧 사랑이며, 그 사랑은 성적 판타지라는 묘약을 전제로 가능한 것이라고 말할 수 있다.

# 키 작은 남자는 키 큰 여자를 원한다

키 작은 남자는 키 큰 여자에 반한다. 키 큰 여자는 키 큰 남자에게 별반 매력을 느끼지 못한다. 키 작은 남자는 키 큰 여자를 통해서 자녀의 키에 대한 가능성을 조절하고, 키 큰 여자는 키 큰 남자를 피함으로써 자녀의 거인화를 미리 막으려는 것이다. 만일 키 큰 여자가 여러 가지 이유와 일종의 허영심에서 키 큰 남자를 선택하면 그 잘못은 곧 자녀들에게 나타난다.

모든 인간은 신체의 기형을 바로 잡아 균형을 맞추려는 잠재적인 눈높이를 갖고 있다. 그와 같은 현상은 비단 신체의 크기나 틀에만 나타나는 것이 아니라 성격에서도 나타난다.

이성은 누구나 자기와 반대되는, 혹은 자기에게 부족하다고 여기는 것을 상대방이 갖고 있기를 바란다. 따라서 이성에 대한 구애의 열의는 자기가 가진 성격의 상태에 비례한다.

## 남자들은 18세 이상 28세 미만의 임신 가능한 여자를 원한다

남녀의 사랑은 첫째 외모, 둘째 성격, 셋째 상대성과 관련이 깊다. 우리가 이성 파트너를 선택할 때 가장 큰 조건으로 대두되는 것이 나이다.

자기와 상대방의 나이 차이가 어떤가 먼저 따지게 된다. 대체로 성행위의 대상이 되는 여자는 멘스를 시작할 나이부터 끝날 때까지에 이르는 연령층에 속한다. 그 나이층에서 남자들이 가장 매력을 느끼는 나이는 18세 이상 28세 미만의 여자들이다.

남자들에게는 출산이 불가능한 나이가 된 여자는 성적 매력의 대상에서 일단 제외되는 경향을 보이고 있는 셈이다. 젊은 여자는 미모가 없어도 젊다는 이유 하나만으로 매력의 대상이 될 수 있으며, 나이가 든 여자는 본래 타고난 미모라고 해도 젊음에 비해서 매력의 대상과 경쟁이 안 된다.

바로 이 점에서 남자들의 무의식 속에서 지배하고 있는 여자의 매력적 대상은 '아이를 낳을 수 있는 여자'에게 쏠리고 있다는 것을 알 수가 있다. 그렇다면 여자는 임신 가능 시기에서 멀어질수록 매력의 대상에서 밀려난다는 뜻도 된다.

## 남자가 여자의 젖가슴에 집착하는 것은 생식 임무와 관련이 깊다

누군가 급성 질환에 걸렸다면 사랑은 일시적으로 중단되겠지만 만성이나 악성 질환에 걸렸다면 그 병은 자녀에게 유전될 것이 우려된다. 우선 건강한 성행위의 매력적인 대상에서 제외될 수밖에 없다. 따라서 건강은 중요한 우선 순위에 해당한다.

그 다음에 문제가 되는 것이 체격이다. 나이와 병을 빼면 성적 대상의 선택에서 불완전한 체격보다 더 중대한 문제는 없다. 아무리 얼굴이 예뻐도 체격이 비틀어졌다면 남자들은 상대할 마음이 적어질 수밖에 없다.

그와 반대로 얼굴은 미워도 체격이 제대로 되었다면 문제는 안 된다. 다소 선호도의 차이는 있을 수 있지만 몸매가 잘 빠졌다면 얼굴은 성행위에서 별 문제가 안 된다는 뜻이다.

흔히 말라깽이라든가 뚱보는 얼굴이 예뻐도 남자들이 안고 싶은 생각을 별로 하지 않는다. 특히 남자들이 여성의 각선미에 관심이 높은 것은 다른 동물들과 달리 서서 걷는 인간에게는 각선미가 미적으로 중요한 의미를 지닐 수 있기 때문이다.

그 점에서는 성서의 전도서에도 '아름다운 발을 가진 여인은 마치 은빛 무대 위에 선 황금의 기둥과 같다' 고 찬미하고 있다.

또한 치아도 중요한 매력의 조건으로 대두되고 있다. 그것은 음식과 영양에 관련된 유전적인 조건에 해당되기 때문이다. 그 밖에 탐스러운 머리카락은 체내의 소화 기능과 형성작용이 왕성함을 보여주며 태아의 영양 섭취와 관련이 깊다.

특히 여자의 젖가슴이 남자들의 성감에 큰 영향을 주는 것은 젖가슴이 여자의 생식 임무와 깊은 관련을 갖고 있기 때문이다. 더구나 젖가슴은 유아에게 충분한 영양을 제공하는 기능의 중요성을 강조하는 것이기 때문에 남자들은 더욱 깊은 애착을 보인다.

그런 일들은 지능적으로 이해하는 것이 아니라 본능적으로 느끼는 것이다. 특히 남자들이 여자들의 얼굴에 관심이 깊은 이유도 따로 있다. 아름다운 눈과 높은 이마는 여자의 정신적, 지적 특징으로 자녀에게 유전인자를 물려주기 때문이다.

## 저렇게 잘난 남자를 거절하고
## 바보 같은 남자를 좋아하다니!

여자가 남자에게 요구하는 조건은 어떤가? 여자는 남성미의 전성기라고 할 수 있는 20대의 남자보다 30세에서 35세 사이의 남자를 성적 대상으로 원한다. 여자들이 그 나이층을 선호하는 것은 어떤 특별한 기호 때문이 아니라 본능에 의한 것이다.

여자들은 그 시기의 중년 남자들이 성을 탐닉할 줄 알기도 하지만 남자들의 생식 능력이 최고 상태에 이르고 있다는 것을 알기 때문이다. 여자들은 미남에 호감을 표시하지만 남자들이 여자의 미모를 따지는 것만큼이나 남자들의 외모를 그다지 중요시하지는 않는다. 왜냐하면 자녀의 형태는 여성 쪽의 유전적 영향을 크게 받는다는 것을 본능적으로 알고 있기 때문이다.

여자의 환심을 사는 것은 무엇보다 남자의 체력과 용기이다. 그것은 강건한 아이를 낳을 수 있는 바탕을 확보하기 위해 충분한 근거이며 훗날 용감한 보호자를 자신도 원하기 때문이다.

여자가 여자다운 남자를 사랑하는 일도 있지만 그런 경우는 그리 흔하지 않다. 그것은 자연의 법칙이 아니다. 여자가 성실하고 착실한 남자보다 오히려 바람둥이 남자를 사랑하는 일은 흔히 볼 수 있다. 그 부분은 여자의 능력이 닿지 않기도 하지만 사실은 그것이 남자의 자연스러운 특징이기 때문이기도 하다.

그 다음으로 여자가 남자에게 바라는 조건은 남자의 성격이나 심리적 특성이다. 그것은 자녀가 아버지로부터 물려받는 유전적 요소가 된다. 특히 굳센 의지력, 두려움을 모르는 용기, 정직하고 선량한 마음씨는 아버지로부터 유전된다.

그러나 남자의 지능이 뛰어나다는 것은 여자에게 별다른 매력이 되지 못한다. 왜냐하면 자녀의 지능은 어머니로부터 나오기 때문이다. 따라서 다른 조건이 괜찮다면 남자는 좀 무식해도 그것이 크게 문제되지 않는다.

오히려 남자의 두뇌가 너무 천재적이면 자녀에게 변칙적인 장애를 유발하는 경우도 있다. 따라서 뛰어난 두뇌로 여자를 사로잡겠다고 생각한다면 그것은 어리석은 짓이다. 우리는 주위에서 추하고 우둔하고 다소 야비하게 보이는 남자가 얼굴이 잘 생기고 똑똑하고 고상한 남자를 제치고 사랑의 승리자가 되는 경우를 볼 수 있다.

예를 들면 남자는 우악스럽고 튼튼하고 미련한데 비해 여자는 교양 있고 고상하고 우아하고 세련된 경우가 있다. 반대로 남자는 학자풍의 천재인데 여자가 바보스러운 경우도 있다. 이것은 지능의 조건이 아니라 본능과 관련이 깊다.

'저렇게 잘난 남자를 두고 바보 같은 남자를 좋아하다니!'

주위 사람들이 아무리 말려도 거기에는 여자의 본능이 작용하고 있기 때문에 말릴 수가 없다.

## 여자가 성격이 좋다는 것은 남자에게 매력의 조건이 못 된다

결혼생활에서 가장 중요한 것이 재치와 대화라고 생각하지만 실제로 부부생활에서 가장 중요한 것은 자녀를 낳는 일이다. 결혼 생활에서 자녀 문제를 가볍게 보거나 외면하는 것은 자연에 역행하는 일이다. 결혼은 육체의 결합이지 두뇌의 결합이 아니다.

간혹 여자가 남자의 재능에 반했다는 말을 하는 경우가 있는데, 단언하지만, 그것은 거짓말이거나 말장난 또는 착각이다. 어쩌면 그 말은 그 남자의 다른 좋은 조건에 곁들인 칭찬일 뿐이다. 여자는 남자가 머리가 좋기 때문에 성적으로 반하는 일은 별로 없다.

그러나 남자는 여자의 뛰어난 두뇌나 재능에 반할 수 있다. 그 대신 남자는 여자의 성격 때문에 반하는 일은 별로 없다. 여자가 성격이 좋다는 것은 남자에게는 매력의 조건이 못 된다. 이 세상에는 수많은 소크라테스 같은 남자들이 악처로 소문난 크산티페 같은 여자와 함께 살고 있다.

아무리 성격이 나쁜 여자라도 머리가 좋다면 남자는 문제삼지 않는다. 그 이유는 지적인 특질은 아버지가 자녀에게 물려줄 수가 없기 때문이다. 쉬운 예이지만 자녀가 공부를 잘하는 것은 대부분 어머니 덕분이다. 어머니가 자녀에게 '아빠는 박사인데 넌 공부가 왜 그 모양이냐' 고 나무라는 것은 잘못된 말이다.

그럼 왜 남자들은 머리가 좋은 여자보다 몸매가 뛰어난 여자를 더 원하는 것일까? 그것은 몸매가 두뇌보다 생식적인 쪽에서 더 직접적이고 긴밀하게 작용하기도 하지만 두뇌보다는 몸매가 성적 도발 기능이 강력하기 때문이다.

그래서 몸매가 뛰어나고 머리가 좋은 여자처럼 금상첨화는 없다. 따라서 머리 나쁜 미인은 연애상대로 좋겠지만 아내로는 빵점이다. 세상의 어머니들은 딸에게 지성미의 성적 위력이 얼마나 큰가를 깨달아야 한다. 그래서 딸들에게 비싼 화장품을 사준다거나 아름다운 몸매를 위해 성형수술을 시켜주는 데에만 주력할 것이 아니라 예술적 재능이나 외국어 능력을 향상시켜 지적 매력을 가꾸는 일도 잊어서는 안 된다.

## 가장 남성적인 기질이 가장 여성적인 기질을 원한다

간혹 교양 있고 이지적인 여자가 남자의 지능과 재능에 호감을 갖는 경우가 있고, 이기적이고 사색적인 남자가 아내 될 여자의 성격에 관심을 갖는 일도 있다. 그러나 이것은 내가 전개하고 있는 논리와는 아무 관련이 없는 일이다.

물론 그와 같은 이성적인 선택으로 결혼이 성사되는 경우도 많지만 둘이 열렬한 사랑에 빠지는 일은 없다. 생리학자들은 남녀의 성적 특성이 너무 다양해서 몇 가지로 정리할 수 있는 것이 아니라고 말한다.

따라서 남녀가 사랑에 빠지는 이유는 너무나 많지만 그 가운데 가장 고약한 것은 남자든 여자든 양성의 특질을 갖추고 있는 경우이다. 쉽게 말하면 남자에게 여성적인 기질이 많고 여자가 남성적 기질이 많은 그런 중성적인 인간의 경우를 말한다.

그들의 성 관계는 지극히 미온적으로 나타난다. 남녀가 사랑으로 중화되기 위해서는 남자의 성적 욕구가 상대방 여자의 성적 욕구에 잘 적응하고 대응해야 한다. 그래야만 두 남녀는 서로 다른 점들이 상대방을 만족시켜 줄 수가 있다.

가장 남성적인 기질이 가장 여성적인 기질을 구하는 것은 당연하다. 그런데 어느 쪽이든 중성적 기질을 띠고 있으면 둘 사이에 열렬한 사랑이 타오르지 않는다. 따라서 남녀는 처음 만나면 상대방과 화끈해지는 발화점이 있는지 없는지 세심하게 살펴볼 필요가 있다.

남자는 체력이 약할수록 강한 체력의 여자에게 매력을 느끼는 것처럼 여자도 마찬가지다. 여자가 체력이 강한 남자에게서 성적 매력을 느끼는 것은 본래 여자가 남자보다 육체적으로 열등하기 때문에 나타난 자연스러운 현상이다.

## 사랑의 환상은 형이상학적 목적을 완성하는 데 있다

우리가 이성을 선택할 때 자기 기준으로만 하는 것 같지만 사실은 그 선택이 우리가 깨닫지 못하고 있는 정신의 방식에 순종하고 있는 것이다. 선택의 기호나 기준이 어디서 나왔는지 살펴보면 자유 의지에서 나왔다고 말할 수가 없다.

우리들이 무심히 보아 넘기는 여러 가지 사실들이 매우 중요하다. 두 젊은 남녀가 결혼을 하기 위해 맞선을 보면서 마주 앉았다고 생각해보자.

그들은 긴장해 있으면서도 순식간에 아주 재빨리 상대방의 구석구석을 날카롭게 관찰하면서 예리한 눈빛으로 신체의 모든 구석을 세밀하게 검토하고 계산하고 있다.

우리들의 인간 행위에서 이보다 신비롭고 진지한 행위는 없다. 그렇다면 그들은 왜 그렇게 상대방에 대한 정밀 분석에 들어가는가?

그것이야말로 두 사람의 결합으로 미래에 태어날 자녀에 대한 세심한 배려이며, 상대방 이성에 대한 그들의 사랑과 욕망은 바로 이 배려의 결과에 의해 결정된다.

그럼 이 배려는 누가 왜 정한 것일까? 그것은 나 자신이 하는 것 같지만 사실은 인류 종족 유지를 위한 정신이 정한다. 그 정신이 바로 그와 같은 형이상학적 목적을 이루는데 이용되고 있다. 인간은 그처럼 사랑과 열정을 대행하는 순간 두 사람은 초인간적인 고귀한 사랑을 완성하려는 거대한 욕망의 파도에 휩쓸리게 된다.

그래서 만일 사랑이 주위의 환경과 조건에 의해 이루어지지 않으면 목숨까지 버린다. 두 사람에게는 사랑이 아름다운 환상으로 변해서 세상의 모든 가치를 희생해서라도 얻고 싶어진다. 하지만 그 무서운 열정도 인간의 다른 열정과 똑같이 결합이 끝나면서 곧 소멸된다. 그것은 인간의 형이상학적인 목적이 임무를 완수했기 때문이다.

# 간통한 여인을 위해 예수는 어떻게 했는가?

사랑의 불길은 어느 시대나 어느 곳을 막론하고 시인들이 가장 아름다운 언어로 묘사하려고 했던 불멸의 테마였다. 따라서 원하던 사랑이 이루어지면 무한한 행복으로 여겼으며, 그 뜻이 이루어지지 못하면 가장 큰 비애로 고통을 받았다.

이처럼 욕정에서 비롯된 사랑의 그리움과 고뇌는 결코 개인의 허망한 욕구에서 나온 것이 아니라 인류라는 종족을 유지하려는 거대한 정신의 탄식일 뿐이다.

따라서 연인을 연적에게 빼앗기거나 연인이 죽으면 심한 고통에 사로잡히는 것은 그 고통이 인간의 영원한 본성인 정신의 작용이기 때문이다.

이런 경우에 인간은 왜 그렇게 고통스러워지는지 이해가 될 것이다. 우리가 인정하는 대단한 영웅도 사랑의 슬픔만은 억제하지 못한다. 칼데론의 희곡 '제노비'의 제2막에 제노비와 데시우스가 한 대사가 있다.

"당신이 날 사랑한다면 수백 번의 승리도 포기할 수 있다네."

이 말은 장군들이 그토록 소중하게 여기던 명예도 사랑의 열정에 비하면 아무것도 아니라는 뜻이다. 지금까지 의무와 충성을 위해 목숨까지 내걸었던 장군이 인류의 종족 유지를 위한 정신의 사명감 앞에서는 맥없이 무릎을 꿇고 마는 것이다.

사랑의 힘이 위대하다는 것은 바로 그 때문이다. 사랑 앞에서는 장군뿐만 아니라, 개인의 이해 관계와 관련된 특권도 무력해진다. 그 이유는 인간이 개인보다 전 인류의 사명감이라는 이해관계에 얽혀있기 때문에 사랑이 더 중요한 것이 된다.

"두 남녀가 뜨거운 사랑에 사로잡혀 있을 때에는 그 둘 사이에 놓인 장애물이 무엇이거나 그들은 이미 신이나 자연의 이름으로 결합되어 있으므로 법과 관습의 힘이 미치지 못하는 영역에 놓여 있는 것이며 둘은 하나의 신성한 권리를 공유하고 있다고 나는 늘 생각해왔다."

이 말에 이의가 있다면 성서에서 간통한 여인에게 예수가 어떻게 했는지 보면 안다. 예수는 그녀를 감싸주었을 뿐만 아니라, 그녀에게 돌을 던지려는 자들에게 똑같은 죄가 있다고 지적했다.

보카치오가 쓴 '데카메론'은 개인의 권리와 이해에 관한 모든 사실들이 이 정신에 의해 부정되고 있는 것에 대한 풍자와 독설이다. 이 정신은 인간이 이룬 모든 제도 관습을 쉽게 무너뜨리고 오직 미래의 인류를 보존하는 데 헌신하도록 하고 있다.

## 짓밟힌 모든 사랑과
## 지옥 불에 걸어 맹서한다

사랑은 개인의 정신생활과 전혀 보조가 맞지 않는 경우가 있다. 어떤 남자는 한 여자를 미워하거나 멸시 또는 혐오하면서도 성적 결합은 원만한 경우도 있다. 그래서 단지 그 사실 하나만으로도 남자는 여자로부터 헤어나지 못한다.

남자는 일단 여자가 욕정의 대상이 되는 순간 그녀의 다른 결함들이나 싫은 점들에 대해서는 눈을 감아버린다. 그러나 그런 경우에 남자가 어느 정도 성의 욕구를 충족하고 나면 그 여자에 대한 집착이나 의지가 소멸될 수밖에 없다. 만일 남자가 그런 여자와 결혼까지 했다면 그는 평생동안 지겨운 반려와 동행해야 하는 고역을 치를 수밖에 없다.

때로는 그와 반대되는 경우도 있다. 한 이지적이고 비범한 남자가 요부 같은 아내와 살면서 왜 나는 이런 여자와 결혼해서 이토록 시달려야 하는지 의문을 품기도 한다.

이렇게 남자들 중에는 여자의 성격이나 기질에 치명적인 결함이 있다는 것을 알고, 평생을 시달릴 줄 알면서도 좀처럼 그 여자로부터 헤어나지 못하는 경우가 있다.

철학자 플라톤은 그런 케이스의 사랑을 '양에 대한 늑대의 사랑' 으로 비유하고 있다. 그런 경우에는 본인이 아무리 애써도 그 사랑에서 헤어나기 어렵다. 세익스피어의 시에는 '나는 그녀를 사랑하기도 하고 미워하기도 한다' 라는 대목이 나온다. 연인에 대한 증오심으로 연인을 죽이고 자신도 자살하는 일까지 일어난다. 여기에 대한 괴테의 시구는 적절한 비유가 된다.

"짓밟힌 모든 사랑과 지옥불에 걸어 맹서하노니,
나는 그 이상 더 무서운 저주를 모르노라."

사랑하는 여자가 냉혹하게 대하거나, 자신을 고민 속에 몰아넣고 즐거워하고 있는 것은 너무 잔인하다. 남자는 곤충의 본능 같은 충동에 사로잡혀 이성의 목소리를 무시하고 오직 자기 목적을 이루려고 한다.

따라서 이루어질 수 없는 사랑의 무거운 쇠사슬을 끌고 다니

면서 탄식하는 자는 저 페트라르카 이외에도 수없이 많았다. 그러나 천재 시인 페트라르카를 두고 괴테는 이렇게 노래했다.

"남들은 묵묵히 사랑의 상처를 안고 살지만
하느님은 내게 그 고통을 노래할 힘을 주었노라."

인간의 본성은 인간을 만든 신의 뿌리 속에 있으므로 개인의 고통이란 이 지상에 인류의 존속을 원하는 신의 의지보다 중요하지 않다. 옛 선인들도 이 같은 진리를 이미 알고 인간을 지배하는 신을 잔인하고 사나운 폭군처럼 그렸다.

이제 인간은 신의 노예였다는 사실을 깨달아야 한다. 이상적인 여인 아리아드네를 손에 넣은 아테네의 왕 테세우스가 욕정을 만족시킨 다음 곧 그녀를 버린 것은 그런 이유에서였다.

만일 페트라르카가 사랑에 만족했던들 그는 마치 둥지에 알을 깐 새가 울지 않는 것처럼 벙어리가 되어버렸을 것이다. 내 글을 읽고 현재 사랑에 빠져 있는 사람들은 분명히 실망하거나 반감을 갖게 될 것이다.

그러나 우리가 왜 사랑은 하는가 좀더 깊이 생각해보고 그 본질을 깨닫게 되면 사랑의 굴레에서 벗어나는 힘을 얻게 될 것이라고 본다.

제2장

# 행복이라는 그림자

# 행복은 내 마음속에 둥지를 틀고 있다

그리스의 철학자 에피쿠로스의 제자인 메트로도루스는 그의 저서에서 '인간의 행복은 대부분 자기 마음에서 비롯된다'고 말한다. 행복은 누구나 자기 자신 속에 깃들어 있다. 그래서 행복은 자기가 만들어내는 것이지 외적 사물이나 환경과 조건에 의해서 결정되는 것은 아니라는 뜻이다.

사람마다 느낌과 경험이 모두 달라서 똑같은 환경과 조건에서도 사람들의 생활 방식은 천차만별인데다가 각자가 전혀 다른 세상에서 살고 있다.

이 세상은 모든 인간에게 똑같은 주거 공간이지만 개개인의 삶은 전혀 다르다. 이것은 똑같은 땅에서도 사람들마다 전혀 딴 세계에서 살고 있다는 뜻이다.

그래서 어떤 사람에게는 공허하고 평범한 삶이 어떤 사람에게는 풍부하고 다채롭고 의미 깊은 세상이 되기도 한다. 그런 사실은 괴테나 바이런 등 유명 시인들의 시를 읽어보면 안다.

그들의 시에는 세상을 바라보는 뛰어난 관찰력과 상상력이 깃들어 있다. 시인들은 꽃 하나를 보고 그것을 느끼는 감각이나 표현하는 능력이 다른 사람과 다르다. 그러나 다른 사람들은 그 시인들처럼 똑같은 꽃에서 아름답고 놀라운 소재를 찾아낼 수가 없다.

시인이 꽃에서 찾아낸 아름다움이 그들의 행복이라면 또 다른 어떤 불행한 사람이 똑같은 꽃을 보고 비극의 그림자를 찾아낼 수 있다. 어떤 사람은 꽃에서 웃음을 찾아내고, 무관심한 사람은 그 꽃을 그저 무미건조하게 바라볼 뿐이다.

그 이유는 무엇일까. 그것은 꽃이라는 외적 조건이 누군가를 행복하게 하는 것이 아니라 각자가 마음의 눈으로 꽃을 그려내고 있다는 뜻이며 행복이나 불행 역시 외적 조건이 아니라 모두가 자기 마음에서 비롯되고 있다는 것을 잘 말해주고 있다.

## 행복은 정신 능력의 크기에 따라 달라진다

권력을 가진 사람이나 돈 많은 부자나 유명한 학자도 자기가 맡은 역할 때문에 행복의 차이가 나타나는 것은 아니다. 그들에게도 다른 사람과 똑같은 행복과 불행이 존재하고 있다.

물론 고뇌에는 질적인 차이가 있지만 그들의 고뇌도 다른 사람들과 다를 바 없다. 차이가 있다면 단지 인식의 차이만 있을 뿐이다. 아무리 화려하고 즐거운 일도 바보의 흐리멍텅한 눈에는 초라하고 슬프게 비칠 수가 있다.

스페인의 작가 세르반테스가 비참한 감옥 생활 중에도 재미있는 돈키호테를 쓸 수가 있었던 것은 우연이 아니라 그가 명석한 두뇌를 갖고 있었기 때문이다.

사람은 누구나 자기 개성을 버릴 수 없다. 가령 개나 고양이에게 아무리 잘해주려고 해도 그들에게는 동물이라는 본능과 인식의 한계가 있기 때문에 잘해주는 데도 한계가 있다.

또 아무리 잘해주어도 개나 고양이가 만족하고 있는 것인지는 알 수 없다. 바로 그 같은 이치로 인간도 개인이 누릴 수 있는 행복의 한계 최대치가 이미 결정되어 있다.

사람들마다 아주 높은 단계의 행복을 누릴 수 있느냐 없느냐의 여부도 서로 다르다. 그것은 정신 능력의 크기에 의해 결정된다. 정신 능력이 작고 좁은 사람은 저급한 행복과 쾌락의 테두리를 벗어날 수 없으며, 그 크기를 스스로 넓힐 수 있는 힘도 없다. 그러나 아주 높은 단계의 행복을 받아들일 수 있는 사람은 정신 능력도 큰 법이다.

## 건강한 거지는 병든 황제보다 행복하다

행복 중에서도 객관적이거나 주관적이거나 이미 모든 사람들 사이에 입증된 공통적인 행복이 있다. 예를 들면 건강한 거지는 병든 황제보다 더 행복하다는 것이다.

훌륭한 건강과 체질에서 나온 명석하고 침착한 성격, 쾌활하고 민첩한 지능, 절도 있는 의지와 선량한 양심은 결코 어떤 지위나 재산과도 바꿀 수 없는 행복의 자산으로 입증된 것들이다. 그것들은 아무도 줄 수 없고 빼앗을 수 없는 자기만의 것들이다.

정신력이 풍부한 사람은 아무리 고독한 곳에 가 있어도 스스로 충분히 기쁨을 누리며 살 수가 있지만, 정신력이 빈약한 사람은 아무리 많은 사람들과 만나고 여행을 하고 세속적인 향락에 젖어도 권태의 긴 그림자를 스스로 떨쳐낼 수가 없다.

착하고 절제 있는 사람은 아무리 불행한 위치에 빠져도 만족을 느낄 수 있지만, 욕심과 시기가 많은 사람은 아무리 재물을 많이 갖고 있어도 스스로 만족할 줄 모른다. 로마의 철학자이자 시인인 호라시우스는 이렇게 말했다.

“그는 보석도, 대리석도, 상아도, 티레나의 장식물과 황금조차도 그리고 아프리카의 무녀들이 입는 외출복조차 없는 자이며, 그런 것들을 가지려는 생각조차 하지 않는 자이다."

철학자 소크라테스도 골동품 시장에 가서 자기에게 하나도 필요 없는 것들이 시장에 왜 이렇게 많이 쌓여있는지 모르겠다고 말한 적이 있었다. 이처럼 인간의 참된 자아에서 나오는 인격은 모든 점에서 한결같이 행복에 영향을 끼친다.

그런 참된 자아는 운명의 손에 달려있는 것도 아니고, 남에게 빼앗길 염려도 없으며 평생 지니고 살 수 있는 것이다. 이처럼 주관적인 인간의 참된 자아는 시간에 의해 파괴되지 않는 한, 인간의 힘으로는 손 댈 수 없는 것으로 신이 부여한 영구불멸의 진리이다. 이 부분에 대해서 괴테는 다음과 같은 시를 썼다.

"그가 태어난 날을 비워준 태양은 하늘의 이치를 따르기 마련이고 그대 역시 그대를 낳은 운명의 이 법을 좇아 처음 세상에 외마디 소리를 지른 그날부터 목숨을 이어왔거늘."

가령 헤라클레스 같은 강한 체력을 가진 남자가 집안 치다꺼리를 하거나 세밀한 수공업이나 정신 노동을 하게 되면 자기의 타고난 재능과 능력을 발휘할 수 없어서 평생을 두고 불행하다. 그와 반대로 체력보다 지력이 뛰어난 사람이 육체 노동에 종사하거나 자기 능력과는 상관없는 일을 하게 되면 평생을 그르친다.

## 유산을 남겨주기 위해 자신의 귀중한 생애를 다 쓰다니

많은 사람들이 정신의 수양보다 재물을 얻는데 더 많은 힘을 기울인다. 우리들 이웃을 보면 저마다 돈벌이에 바빠서 개미처럼 동으로 뛰고 서로 뛰고 급하게 서두르고 악착같다. 돈 아니면 거들떠보지 않는 상태로 자신을 방치해버리기도 한다.

사람들은 돈을 벌면 대부분 쌓아두거나 모은 돈을 통해서 더 큰돈을 벌 생각을 한다. 그리고 그렇게 힘들게 번 돈조차도 향락에 기꺼이 써버리고 만다.

다행히 어떤 사람이 생애를 무사히 마칠 때까지 별탈없이 돈을 엄청나게 벌었다 치자. 그 동안 그가 땀흘려 애쓴 보람으로 남은 것은 단지 황금 덩어리일 뿐, 이제 귀중한 세월은 다 써버리고 말았다. 남은 그 황금 덩어리를 남에게 물려줄 일만 남은 것이다.

그런 생애가 혹시 남 보기에는 호화롭고 멋지게 보일지 모르지만 그는 사실상 인생을 잃기 위해 돈을 벌었으며 남에게 빼앗기기 위해 돈을 번 것이나 마찬가지다.

돈을 벌어서 써보지도 못하고 유산으로 남겨주기 위해 귀중한 인생을 낭비했다면 그는 참으로 허망한 일을 했으며 미친 생애를 살았다고 말할 수밖에 없다. 평생을 의식주의 호화호식을 위해 악전고투를 하며 사는 것처럼 어리석은 일은 없다.

더구나 대체로 막대한 유산을 물려받은 사람들은 순식간에 재산을 탕진하거나 방탕해져서 자신의 생애를 망치는 일들을 주위에서 흔히 보아왔다.

그렇다면 그는 자신의 인생도 돈을 위해 망치고 유산을 물려준 자녀까지 망치는 일을 자행해온 셈이 된다. 명예는 보배롭고 명성은 탐나는 것이지만 그것은 소수의 비범한 자에게만 허용되는 왕관이다. 그리고 그것은 돈으로도 살 수 없는 값진 것이다.

그러나 사람들은 명예의 월계관보다 재물을 더 선택하고 있다. 과연 페트로니우스의 격언처럼 '돈이 많으면 남들이 떠받들 것이다' 라는 말이 사실이며 그것이 과연 행복을 가져다줄 것인지는 의문이다.

제3장

# 재산의 조건

# 인간의 욕구는 크게 세 가지로 나누어져 있다

그리스의 철학자 에피쿠로스는 원자론적 자연론과 이기주의적 윤리학을 창설한 학자답게 인간의 욕구를 정밀하고 교묘하게 세 가지로 나누었다. 첫째는 먹고 입는 욕구이다. 그것은 자연적 욕구로써 이 욕구가 충족되지 않으면 인간은 가장 큰 고통을 받게 된다.

둘째는 성욕이다. 이 욕구 역시 자연적인 욕구이긴 하지만 반드시 있어야 되는 것은 아니다. 없어도 살 수 있기 때문이다.

셋째는 부와 명예에 대한 욕구이다. 이 욕구는 없어도 살 수 있다. 하지만 이 욕구는 종류가 너무 많은 데다가 이것을 충족시키기는 대단히 어렵다. 이상이 인간이 가진 3대 욕구의 원칙이다.

인간은 소유욕에 한계를 정할 수는 있지만 아주 어려운 일이다. 왜냐하면 재산에 대한 소유 욕망의 충족은 절대적인 분량이 아니라 상대적인 분량으로 이루어지기 때문이다. 어떤 사람은 집 한 채로도 족하고 어떤 사람은 집이 열 채가 있어도 불만이다.

어떤 사람은 왜 집이 한 채면 되고 왜 어떤 사람은 집이 열 채로는 안 되는가의 문제는 각자의 개인적 욕구에 의해서 결정된다. 거기에 왜 너는 욕심이 없는가, 너는 왜 욕심이 많은가는 남이 결정할 문제가 아니라는 뜻이다.

그런데 소유 자체만으로는 마치 분모가 없는 분자처럼 무의미한 일이다. 갖고 싶은 것이 있어야 갖게 되는 것이지, 갖고 싶은 것이 없거나 가져야 할 이유도 없다면 인간은 갖는 일도 없다.

아무 것도 갖고 싶은 것이 없는데 왜 가지려고 할 것인가? 따라서 원하지 않는 것은 그것이 많거나 적거나 아예 없거나 문제가 되지 않는다.

하지만 일단 갖고 싶은 욕구가 발생하면 그 후에는 얼마의 분량을 갖고 싶은지가 문제가 된다. 집 열 채를 갖고 싶은 사람은 다섯 채를 가져도 불만이 남는다.

집 열 채를 갖고 싶은 욕구를 가진 사람은 아홉 채만 가져도 한 채를 채울 때까지 욕구불만으로 남는다. 그러나 한 채만 갖고 싶은 사람도 집의 일부는 자기 소유가 아니라면 불만이다. 불만은 이처럼 양적 문제와는 달리 상대성이 크다.

## 재산과 명성은 바닷물 같아서 마실수록 목이 마르다

사람들에게 갖고 싶은 것을 말해보라고 하면 모두 자기가 현재 가진 것들은 빼고 모두 자기 능력으로는 손에 넣을 수 없는 것들만 나열해 놓을 것이다. 모든 사람들에게 욕망의 지평선이 있다는 얘기이며 욕망의 범위도 그 지평선 안에 머물러 있다는 뜻이다.

바로 그 욕망의 한계선 내에 있는 것들을 자기 손에 넣을 수 있으면 행복을 느끼지만 어떤 장애로 인해서 소유가 불가능해지면 불행을 느낀다. 그리고 욕망의 지평선 밖에 있는 것들은 거의 욕구의 대상이 되지 못한다.

예를 들면 재벌의 거대한 재산 규모에 대해서 가난뱅이는 알 수가 없고, 눈에 보이지 않지만 아무리 재벌이라도 자기가 원하는 만큼 갖지 못하거나 어떤 다른 욕구가 채워지지 않으면 가난뱅이의 행복이 눈에 보이지 않는 것과 같다. 재산과 명성은 바닷물 같아서 마실수록 목이 마르다.

어떤 사람이 집 열 채 중에서 아홉 채를 잃고 안락과 평화를 상실했다고 하자. 그는 얼마 동안 상실에서 온 절망과 고통을 극복한 후에 마음의 평정을 회복하여 이전의 상태로 돌아가서 지금은 집 한 채만 갖고도 행복하게 살 수 있게 되었다고 하자.

그렇다면 그는 욕망의 지수를 스스로 줄였기 때문에 행복해진 것이다. 따라서 우리가 소유로 인해서 불행을 느낄 때는 자신의 욕망의 지수를 줄이는 길밖에는 없다.

전에 잘 살던 사람이 집안이 망해서 가난하게 되었더라도 옛 생각만 하면서 고통스럽게 살지 말고 욕망의 지수를 낮춰버리면 행복을 되찾을 수가 있다. 우리의 목표는 행복하게 사는 것이지 많이 갖는 것은 아니기 때문이다.

그런데 문제는 우리들의 욕망의 압축기가 점차 팽창되지 않으면 기쁨이나 만족을 느끼지 못하는 데 있다. 집 한 채 가진 사람이 영원히 만족하고 살 수 있다면 문제가 없다.

집 한 채 가진 사람은 점차 두 채를 갖고 싶어하고, 두 채가 있으면 세 채를 원한다. 그리고 그렇게 늘어나는 재산에 대해 인간은 감사하게 여기기는커녕 아주 당연하게 여긴다.

당연하게 여긴다는 것은 그 욕구가 채워지자 이제는 더 큰 욕구를 향해 가고 있다는 뜻이다. 이런 인간의 끝없는 욕구에 대해 시인 호메로스는 '오디세이'의 한 구절에서 이렇게 시로 썼다.

"세상 사람들의 마음이 이토록 변덕스럽다니
이것은 마치 하느님이 일으키는 나날의 사건들과 같다."

## 거지가 말을 타면 말이 지쳐서 죽는다

이미 욕망 그 자체로 만들어진 인간이 돈을 가장 중요하게 여기는 것은 조금도 이상한 일이 아니다. 사람들이 권력을 탐내는 것은 결국 돈을 얻는 데는 권력처럼 좋은 수단이 없다는 것을 알고 있기 때문이다.

권력으로는 땡전 한 푼도 얻지 않겠다는 말은 거짓말이다. 오늘날은 철학 교수가 돈을 벌기 위해 자기 철학 이론을 도매금으로 팔아 넘기는 판이다. 그런 형편에 돈벌이를 위해 자기가 가진 것을 모두 팔아 넘긴다고 해서 나무랄 수도 없는 세상이 되었다.

전에는 돈벌이 자체를 경멸하고 단지 돈만 벌기 위해 무슨 일을 하는 사람들을 비난했지만 이제 돈은 지칠 줄 모르는 프로테우스가 되어 인간의 욕구를 계속 바꿀 수 있는 힘이 되었으므로 사람들이 돈을 소중히 여기는 것이 자연스러운 일이 되었다.

돈이 아닌 다른 소유물은 단지 한 가지 욕구만을 충족시켜준다. 예를 들어 음식은 배를 채워주고, 술은 취흥을 돋구고, 약은 병을 낫기 위한 환자들에게 요긴한 것이고, 모피코트는 추울 때만 필요할 뿐이다.

그 모든 것들은 상대적이지만 돈은 절대적이다. 돈은 한 가지 욕구만 구체적으로 충족시켜주는 것이 아니라 모든 욕구를 추상적으로 충족시켜주고 있다.

현재 자기가 갖고 있는 현금은 눈에 보이지 않는 미래의 재난과 불행을 막아줄 방파제가 되거나 부자들은 이 세상을 마음껏 즐길 수 있는 권리와 의무까지도 소유하게 된다고 생각한다. 그러나 돈이 그런 것들을 할 수 있다고 생각하는 것은 잘못이다.

이렇게 돈을 없어서는 안 될 가장 소중한 가치로 여기는 사람들은 돈을 때로는 공기처럼 숨쉬는 데 가장 중요한 요소로 여기기 때문에 돈을 목숨처럼 여겨서 돈이 떨어지면 목숨을 버리기도 한다. 하지만 그 대신 돈을 낭비하지 않고 목숨처럼 소중하고 견실하게 지키기 위해 검소하게 살아가는 자생력을 갖출 수가 있다.

그 대신 전에 가난을 뼈저리게 겪어본 사람이 갑자기 부자가 되면 재산을 덤으로 여겨 향락과 사치에 탕진할 가능성이 많다. 왜냐하면 돈이 떨어지면 전처럼 살면 된다고 여기기 때문이다. 그런 인간의 속성을 셰익스피어는 '헨리 6'세에서 이렇게 표현했다. "거지가 말을 타면 말이 지쳐서 죽는다."

## 재산이 많은 사람에게는 두 번의 기회를 준다

내가 여기서 돈의 가치를 소중하게 여긴다고 해서 나를 비난할 사람은 없다. 나는 가족이 없고, 누굴 먹여 살려야 할 책임도 없이 혼자 살면서 경제적으로 안정을 유지하고 있다. 나는 그것만으로 세상에서 큰 혜택을 누리고 살고 있다고 생각한다.

재산은 고생과 궁핍을 면하게 해주고 먹고살기 위해서 어쩔 수 없이 해야 하는 힘든 노동으로부터 해방시켜 준다. 사람이 살면서 최소한 그 정도의 은총을 받아야 진정한 의미의 자유인이라고 할 수가 있다는 것이 내 생각이다. 그런 사람만이 자기 시간과 능력에 대한 주권을 가졌다고 말할 수 있다.

연봉 1천 탈러(Thaler, 과거 독일의 은화)와 연봉 10만 탈러의 차이는 커 보이지만 한 푼도 없는 사람과 연봉 1천 탈러의 차이는 별로 없다.

부모로부터 재산을 물려받은 유산 상속자가 있다고 하자. 그 사람에게는 이 세상에서 두 번의 큰 기회가 주어진 셈이다. 그가 자기 재산의 최대 가치를 발휘하기 위해서는 더 이상 돈버는 일에 나서지 않고 다른 일을 해야 한다.

그 사람은 운명적으로 두 가지 큰 은총을 세상에 베풀 수 있다. 하나는 돈에 연연하지 않고 자기 천직을 평생 수행할 수 있는 것과 또 하나는 인류 사회의 복지와 발전을 위해 사람들이 감히 엄두도 낼 수 없는 큰 일을 할 수 있는 것이다.

막대한 유산을 가진 사람들 중에는 자선 사업에 뛰어든 사람도 있지만 어떤 사람은 돈벌이를 하지도 않으면서 돈을 고스란히 쌓아두는 사람도 있다. 그런 사람이야말로 가장 천박한 사람이다. 그런 사람은 차라리 가난에 못 이겨 노동하는 사람보다 불행하다.

## 가난 속에서는 몸에 지닌 빛조차 자취를 감춘다

공직사회에서 높은 지위까지 출세할 결심을 한 사람은 선배나 친지나 혹은 이웃의 줄을 잡지 말고 처음부터 맨주먹으로 나가는 것이 낫다. 그래서 자기 실력과 능력으로 점차 한 단계씩 승진해서 최고의 위치까지 올라가는 것이 훨씬 좋다.

특히 가문의 배경이 없는 사람은 청빈과 재능으로 승부를 겨루어야 한다. 세상이 많이 썩었고, 공직 사회의 부패는 예나 지금이나 한결같이 혼탁하지만, 그 속에 사는 타락한 공직자들도 겉으로 내세우는 명분은 늘 청빈이나 능력이기 때문이다. 당신이 그런 사람들의 간판으로 나서는 것이 좋다.

공직자들 중에서 출세 가도가 빠른 사람들을 잘 보면 몇 가지 특징이 있다. 그들 중에는 열등감이 심하고 스스로 무능하고 가치가 없다는 것을 잘 알고 윗사람의 권력 앞에 머리를 빨리 숙이는 사람이 많다.

그런 사람들은 실력보다 처세술에 따라 행동하며 윗사람에게 구십 도로 깍듯이 허리를 굽히며, 얼굴에는 늘 비겁한 웃음을 띠고 있다. 그들은 선배나 권력자가 쓴 유치한 글을 명문으로 추켜세우고, 윗사람의 작은 공로를 크게 떠들며 비호한다.

그들은 어떻게 윗사람의 눈에 잘 띌까, 혹은 어떻게 해야 그들 마음에 들 것인지 생각하느라고 늘 고민이다. 그런 사람들은 대체로 그 자리가 아니면 밥을 먹고 살 수 없는 가난한 자들, 궁핍한 자들이며 그 자리가 아니면 대책이 없는 사람들이다.

그러나 비교적 넉넉하게 사는 사람이나 재산이 있는 사람은 그런 비열한 짓은 하지 않는다. 그들은 공직에서 가장 떵떵거리며 사는 자들이 이 세상에서 가장 치졸하고 비열한 무리들이라는 것을 잘 알고 있다.

그들은 자기 윗사람들이 얼마나 졸렬하고 불손하며 무능한가를 빨리 깨닫고 있다. 그래서 나중에는 볼테르처럼 '어차피 짧은 인생, 못난 자들이 우쭐거리는 꼴을 보는 것도 잠시 동안의 괴로움일 뿐이다' 라고 체념하고 산다.

'가난 속에서는 몸에 지닌 빛도 자취를 감춘다' 라는 말은 평범한 사람보다 사상가나 예술가에 해당되는 말이다. 그런 고귀한 사람들이 아니면 가난속에서는 몸에 지닌 빛조차 보일 리가 없다.

제4장

# 명예라는 이름의 독

# 명예는 목숨보다 중요하지 않다

명예심에 관한 한 고양이의 비유가 가장 적절하다. 고양이는 등을 어루만져 주면 기분이 좋아서 목울대를 볼록거린다. 사람도 고양이와 조금도 다르지 않다.

사람도 칭찬을 받으면 그것이 비록 사탕발림이라는 것을 뻔히 알면서도 흐뭇해지는 것은 어쩔 수 없다. 하지만 인간의 이런 속성은 이해하기 어려울 만큼 어리석고 무의미한 일이다.

고양이는 자기를 때리면 금세 눈에 적의를 품는다. 사람도 똑같다. 조금이라도 자기 자존심을 건드리거나, 모욕을 당하거나, 무시당하거나, 멸시를 받으면 불쾌해지고 적의를 품는다.

이렇게 인간의 명예욕은 항상 제3자를 기준으로 하고 있다. 따라서 남으로부터 칭찬이나 찬사를 받거나 모욕과 경멸을 받았을 때 어떻게 대처하느냐는 개인의 역량에 달려있다.

남으로부터 찬사나 아부 받기를 좋아하거나 남의 비난에 대해 지나치게 반응이 심한 사람들, 예컨대 남이 자기를 판단해주는 기준에 따라 사는 사람들은 결국 이웃의 노예에 불과하다.

찬사를 즐기는 자의 영혼을 지배하는 것은 비천하고 설익은 것이다. 우리가 행복을 증진시키기 위해서는 진정한 자아와 남의 눈에 비친 자신을 비교하여 확실한 판단을 내려야 한다. 자신에 대한 제3자의 판단이란 아주 불확실할 수가 있다.

왜냐하면 제3자가 돌대가리인 경우가 있고, 어떤 일에 깊은 편견을 갖고 있는 사람일 수도 있고, 자신에 대한 큰 오해를 하고 있을 수도 있고, 어떤 경우 사고 방식이 천박하고 무가치한 사람일 수 있고, 소견이 좁고 생각이 빈약한 사람일 수도 있기 때문이다. 만일 그런 사람이 자신을 악평할 경우, 어떻게 우리는 그 사람의 악평을 가치 있는 견해나 충고로 받아들일 수 있겠는가.

한때 로마의 집정관이었던 빌기니우스는 자기 딸이 출산을 맡았던 관리 크라티우스에게 능욕을 당하자 평민의 명예와 자유를 존중한다는 뜻으로 자기 딸을 군중들 앞에서 처형했다.

그가 사랑하는 딸을 죽였던 것은 평민의 명예와 자유를 존중한다는 것을 사람들에게 보이려는 행위였다. 즉 남들에게 자신이 평민을 사랑하는 훌륭한 집정관으로 보여지기를 원하는 명예심 때문에 딸을 죽였지만 자기 자신은 불행했다.

남의 눈을 의식해서 자신의 불행을 감수하면서까지 명예를 지키려는 인간의 욕망은 그처럼 강하다. 그렇다면 그 욕망은 자신의 행복에 공헌한 것이 아니라 결국은 불행을 초래한 것에 불과하다.

여기서 내가 빌기니우스의 예를 들은 것은 그런 최고의 지위에서 권력의 명예와 영광을 누리는 사람들도 자신의 행복이 남의 머리와 손에 달려있다는 것을 강조하기 위해서였다.

이렇게 자신의 행복을 자아에서 찾지 못하고 제3자인 남에게서 찾거나 의존하려는 사람들은 불행할 수밖에 없다는 것을 나는 얘기하고 싶은 것이다. 그렇다면 인간의 행복이란 무엇인가. 결국 인간의 근원적인 행복은 동물성에서 찾을 수밖에 없다.

인간은 동물이다. 따라서 가장 중요한 것은 첫째가 건강이고, 둘째가 동물의 기본적인 욕구인 의식주, 즉 먹을 것, 입을 것, 살 집을 확실하게 확보하는 일이 아닐 수 없다. 인간이 아무리 명예, 지위, 권력을 소중히 여겨도 그것은 건강과 기분, 능력, 수입, 처자, 친구, 주택보다 더 중요할 수가 없다.

우리는 먹고살기 위해서 명예를 단념하고 포기하는 경우를 주위에서 많이 본다. 따라서 우리는 '명예는 목숨보다 더 중요하다' 는 말을 해서는 안 된다.

## 재능이 아무리 뛰어나도 남이 몰라주면 소용없다

사람들이 한평생 수많은 위험을 무릅쓰고 땀 흘려 노력하는 원인은 무엇보다 남들로부터 인정을 받으려는 데 있다. 남에게 인정받지 않으려면 왜 그토록 힘들고 어려운 삶을 산단 말인가. 권력은 명예욕이다. 권력을 잡는 것은 남들 앞에서 떵떵거리고 싶기 때문이다.

내가 최고의 통치자가 되려는 것은 내가 국가를 발전시키고 국민들을 잘 살게 하려는 것이다. 남이 아닌 내가 그렇게 하고 싶은 것이다. 그래서 대다수의 국민들로부터 존경을 받고 싶은 것이다.

국민들에게 떵떵거리고 싶지 않다면 왜 권력을 잡으려고 그렇게 애를 써야 하는가. 지위를 탐내는 것도 남들보다 높은 위치에서 선망의 대상이 되고 남들을 부리고 싶어서이다. 선망의 대상이 되고 싶지 않으면 지위를 탐낼 이유도 없다.

지나치게 많은 재산을 원하는 것이나, 먹고살기 위한 기본적인 조건이 갖추어진 후에 무엇인가를 갈망하는 원인은 모두가 남들에게 부러움과 존경을 받고 싶은 데에 있다. 이것이야말로 바보 같은 인간의 뿌리 깊은 본능임을 입증하고 있다.

"그대가 그처럼 많은 것을 알고 있다는 것을
남들이 몰라주면 무슨 소용이 있겠는가."

이런 시에서 읽을 수 있듯이 자신에 대한 남의 평가를 중요하게 여기는 관습이 굳어지면 굳어질수록 인간의 행복에는 해롭고 불리해진다. 그래서 지금도 남의 눈을 의식하지 않고, 남들이 알아주는 것을 초월해서 사는 사람은 훨씬 행복하다.

'남이 뭐라고 말할까?' 이런 생각을 늘 하는 사람은 이미 남의 시선의 노예일 뿐이다. 노예는 늘 주인의 눈치를 살피고 주인의 명령대로 해야 한다. 자기가 싫어도 해야 하기 때문에 자유가 없어서 불행하다.

따라서 위에서 예를 들었던 로마의 집정관 '빌기니우스의 칼'이 되지 않기 위해서 우리는 남의 평가를 중요하게 여기는 관습의 노예 상태에서 벗어나야 한다. 이렇게 명예욕은 자신의 불행을 자초하게 한다.

어떤 사람은 심지어 죽은 후의 명예를 위해 목숨마저 버리는 사람도 있다. 대중들은 그런 사람에게 갈채를 보내고 찬사를 아끼지 않지만 그 자신은 그릇된 욕망의 환상과 관습의 노예가 되어 죽은 비참한 인간일 뿐이다.

## 명예욕을 부추기면 남을 이용할 수 있다

명예욕에 대한 사람들의 강한 욕구와 관심 때문에 남의 명예욕을 북돋아 주는 것은 남을 이용할 수 있는 좋은 미끼가 될 수가 있다. 그래서 어떤 사람은 '정말 잘 하십니다', '정말 뛰어난 재능을 가지셨습니다' 라고 남의 비위를 맞춰준다.

명예욕을 부추겨 남을 이용하거나 지배할 수 있기 때문에 아첨이 이루어지고 이 아첨은 좋은 수단과 방법으로 통하는 것이다. 하지만 내가 여기서 강조하는 것은 명예욕이 아니라 우리가 어떻게 하면 행복하게 살 수 있을까를 찾는 데 있다.

지금까지 우리는 명예욕이라는 것은 우리를 행복하게 하는 것이 아니라 행복의 장애물이라는 것을 알았다. 그렇다면 우리가 해야 할 일은 무엇보다 남의 생각에 지나치게 관심을 갖거나 집착하지 말아야 한다는 것이다.

하지만 우리는 지금까지 대부분 자기 생각보다 남의 생각에 의존하고 살았으며 나의 참된 자아보다는 남의 자아 속에 깃들어 있는 자신의 모습을 더욱 소중하게 여겼다.

그래서 올바른 이치를 좇기보다 남의 편견이나 무지나 독선 혹은 오해를 통해 내려진 자신에 대한 평가를 더 가치 있고 권위

있는 것으로 여김으로써 간접적인 가치와 직접적인 가치의 혼란을 초래했다.

이것이 다름 아닌 허영이 저지르는 행위, 즉 수전노의 탐욕과 다를 바 없이 수단을 위해 목적을 저버리는 잘못을 범한 것이다. 우리 인간의 모든 고뇌의 대부분은 바로 이 같은 결과에서 비롯된 것이라고 할 수 있다.

만일 우리가 남의 눈을 의식하지 않고 산다면 불필요한 불안과 걱정에서 떠나 현재의 물질적 · 정신적 가치의 10분의 1만으로도 만족하고 행복하게 살 것이다.

예를 들면 자기 능력에 버거운 지위를 유지하는 것은 남의 눈 때문이며, 지나치게 큰 집에서 사는 것도 남들이 자신을 업신여기지 않게 하려고 힘들게 사는 것이다.

자기 수입에 비해 너무 비싼 옷을 입거나 고급 차를 타면서 매달 할부금에 시달리는 것도 남의 눈을 의식하기 때문이다. 지금부터 남의 눈을 의식하지 않기로 작정하고 자기 능력에 과분하다고 여기는 것들을 모두 처분한다면 훨씬 만족하고 자유롭게 살 수 있으며, 그것이 우리를 행복하게 한다는 뜻이다. 우리들의 불행은 대부분 남을 의식하는 데서 온다.

## 자존심과 명예를 지키려면 너무 큰 희생이 필요하다

자존심이나 명예의 모습은 여러 가지지만 그 뿌리는 하나다. 그러므로 우리는 자존심이나 명예를 지키기 위해 엄청난 희생을 하고 있다는 것을 잊어서는 안 된다.

자존심 하나 버리면 얼마나 행복해지는가를 사람들은 알면서도 애써 외면하려고 한다. 이것은 나이와는 관계가 없다. 오히려 젊은 시절보다 나이가 들수록 인간의 자존심과 명예욕은 더욱 커진다.

그 이유는 사람은 나이가 들수록 체력의 한계를 느끼면서 애욕의 욕구는 줄어드는 대신 허영과 오만은 탐욕과 결부되어 강력한 힘을 발휘하게 된다. 특히 프랑스 사람들에게는 이런 경향이 다른 나라 국민들보다 높다.

그들은 속된 명예욕과 가소로운 허영심 혹은 유치하고 철면피한 허세가 일종의 풍토병처럼 관습화되어 있다. 내가 이런 글을 쓰는 것은 다른 나라에서는 없는 일들이 프랑스에서는 국민들 사이에 유전적인 광기의 형태로 나타나고 있기 때문이다.

내 말을 입증하기 위해 몇 가지 예를 들어보겠다. 토마스 빅스는 평범한 프랑스의 노동자였다. 그는 화가 나서 주인을 살해한 후에 사형 언도를 받고 공개 처형을 당하게 되었다. 1846년 5월 31일 신문에는 그가 사형장에서 어떤 모습을 보여주었는지 기록되어 있다.

"사형 당일 교도소의 사제가 그에게 마지막 설교를 해주고 있을 때 자신의 수치스러운 죽음을 겸허하게 받아들여야 할 그는 몰려든 구경꾼들에게 자신의 배짱을 과시했다. 그는 단두대로 걸어가는 도중 갑자기 큰 소리로 '여러분, 나는 인생의 가장 중대한 비밀이 무엇인지 알려고 지금 가는 길이오' 하고 당당하게 단두대 위로 올라가 군중들에게 태연하게 윙크를 보냈다. 그러자 군중들은 그런 그에게 열렬한 박수를 보내며 환호했다."

추악한 살인자가 죽음의 절망 앞에서 관심을 가졌던 것은 자신의 눈앞의 현실이 아니라, 군중들이 훗날 머릿속에 자신의 이미지로 남길 당당한 모습이었던 것이다.

거기에 나의 자의식은 없고, 오직 남이 자신의 최후를 어떻게 볼 것인가만 있었다. 그보다 더 큰 허영심은 없다.

프랑스에서 반란죄로 사형을 언도받은 콩트 상원의원에게 가장 큰 고통은 자신이 상원의원 복장을 입고 재판장에 나갈 수 없는 것이었다고 말했다. 처형을 당하는 그에게 가장 큰 고통은 죽음 자체가 아니라 머리를 단정히 깎지 못하고 죽는 것이었다.

자신의 죽음 앞에서도 복장과 단정한 머리를 의식한 것은 그들이 죽음보다 체면, 즉 남들이 자기를 어떤 모습으로 보는지를 더욱 의식했기 때문이다. 그들이 명예와 허영심의 지독한 노예였다는 것을 단적으로 보여주는 예이다.

스페인의 작가 마테오 알레만의 소설을 보면 첫 구절에 이런 대목이 나온다.

"이 못난 죄수들은 영혼을 구제받기 위해 허용된 몇 시간을 단두대의 사다리 위에서 군중들에게 무슨 멋진 말을 하고 죽을까 궁리하는 데 모두 허비한다."

그런 예는 지금도 얼마든지 찾아낼 수 있다. 인간의 모든 고뇌와 번민, 불안과 초조의 80~90%는 다른 사람이 나를 어떻게 생각할까 하는 걱정에서 나온다. 또한 우리들의 질투나 증오심도 대체로 같은 뿌리에서 자란 가지들이다.

## 아무리 현명한 사람들도 더러운 명예욕에 약하다

우리들의 행복은 주로 안정된 기분과 흐뭇한 만족감을 뜻한다. 지금의 기분이나 상태가 좀더 지속되기를 바라는 마음의 상태가 행복이다.

그러나 남의 눈을 의식하는 순간 안정된 기분은 흐트러지고 불만감이 나타난다. 따라서 우리는 행복을 유지하기 위해서는 타인 본위의 허영심을 버려야 한다. 그것이 나 자신의 행복을 증진시키는 방법이다.

만일 우리가 이 허영심을 줄이면 현재의 불행은 50분의 1정도로 줄어들 것이다. 이 허영심을 없애는 것은 우리들의 육체를 괴롭히는 가시를 뽑아버리는 셈이지만 그것은 선천적인 고질병이어서 버리기가 여간 어려운 일이 아니다.

로마제국의 역사가 타키투스는 '어떠한 현자라도 더러운 명예욕에서 좀처럼 벗어나지 못한다' 고 말했다.

이처럼 인간의 허영심이란 불행을 자극하는 허망하고 그릇되고 불합리한 것으로 판명되었음에도 불구하고 사람들은 허영심의 노예에서 벗어나지 못하고 그것을 중요하게 여김으로써 얼마나 큰 불행을 겪고 있는가를 깨달아야 한다.

만일 인간이 바로 남의 눈을 의식하는 타인 본위의 유전적인 고질병에서 벗어날 수가 있다면 자신의 안정과 평화는 상상하지 못할 정도로 커져서 매사에 태연 자약할 수가 있으며 자유롭게 살 수 있을 것이다.

수도자들이 은둔 생활에서 큰 행복을 느끼는 이유는 남의 눈치를 안 보고 타인 본위의 속세 생활에서 자기 본위의 생활로 돌아갈 수 있기 때문이다.

일상 생활에서 겪는 불행이나 재앙의 대부분은 남의 시선을 의식하는 관념적인 생각, 즉 인간의 불치병에서 비롯되는 것이며 그것을 극복하면 우리는 훨씬 행복하게 살 수 있다. 하지만 허영심을 없애는 일은 참으로 어려운 일이며 어려운 일이기 때문에 행복이라는 대가는 큰 것이다.

# 노예에게 농담하면 금세 꼬리친다

인류의 세 가지 유전병은 명예욕과 허영심과 자부심이다. 그 중 허영심과 자부심은 차이가 있다. 자부심은 자신에 대한 확고한 신념에서 나오는 것이지만 허영심은 타인이 자신에 대해 그런 신념을 갖게 하는 것이다.

자부심은 스스로 자기 자신을 존중하는 것이지만 허영심은 타인이 자신을 존중하게 만드는 것이다. 따라서 자부심은 말이 적지만 허영심은 말이 많다.

자부심은 자신이 스스로를 인정하는 것이지만 허영심은 남이 자기를 존중케 하기 위해 많은 설득과 위장이 필요하고 때로는 위압도 필요하게 된다.

참된 자부심은 자신의 우수한 가치에 대한 확신에 의해서만 이루어지지만 허영심은 남으로 하여금 자신을 과대 평가하도록 해야 하기 때문에 일시적으로는 몰라도 결국은 밑바닥이 드러날 수밖에 없다.

우리가 입이 가벼운 사람보다 입이 무거운 사람을 더 선호하는 것은 말이 적은 사람이 말이 많은 사람보다 자부심이 크기 때문이다.

그러나 자부심은 자기 존중이 선행되기 때문에 대체로 남들의 비난과 공격의 대상이 되고 있다. 잘난 체하는 것으로 비치기 때문이다. 그러나 참된 자부심을 가진 사람을 공격하거나 비난하는 것은 거짓 자부심을 가진 사람들의 열등감에서 비롯된 것이다.

따라서 참된 자부심을 가진 사람들이 자신을 공격하고 비난하는 그들을 너그럽게 감싸주거나 호의적으로 대해 주면 그들은 곧 건방지고 거만해져서 기어오르기가 쉽다.

그렇다고 그들의 자부심이 고매한 인격으로 나타나는 것이 아니기 때문에 지혜롭게 차별해두어야 한다. 그렇지 않으면 키케로가 지혜의 신으로 표현한 미네르바가 가장 우둔한 동물인 돼지 앞에서 설교하는 꼴이 된다.

아라비아의 속담에 '노예에게 농담하면 금세 꼬리친다' 라는 말이 있다. 그래서 호라시우스는 '고귀한 사람에게는 늘 존경심을 가져라' 는 명언을 남겼다.

자기가 보기에 자기보다 참된 자부심을 가진 고귀한 사람이라는 판단이 서면 늘 존경심을 갖고 대하는 것이 덕목이다.

우리가 흔히 말하는 겸손의 미덕이라는 말은 사실은 소인배들이 자신의 편의를 위해 내세운 것이지만 고매한 인격과 자부심을 가진 사람들이 소인배들과 어울리기 위해서 겸손을 내세우다 보면 세상은 완전히 소인배들의 독무대가 될 것이다.

## 국적에 대한 자부심처럼 어리석은 것은 없다

국가의 자부심 혹은 민족적 자부심처럼 우스꽝스러운 말도 없다. 민족적 자부심이란 한 나라의 수천 수만 수억의 인구가 공동으로 소유하는 자랑거리를 말한다.

일부 국가에서는 그것을 국위 선양이라는 말로 떠들어댄다. 국적에 대한 자부심을 갖기 위해서다. 하지만 어느 나라든 양식 있는 국민일수록 자기 나라의 단점이나 약점을 너무나 잘 파악하고 있다.

일부 국가의 정치 지도자들은 국민들로 하여금 국가의 빈약한 특성에 금박을 칠해서 확대 과장 선전하기도 한다. 그런 경우 대체로 자기 국민들의 결점과 비행은 감추거나 두둔하는 일이 많다.

만일 어느 나라가 영국인들의 졸렬한 미신적 사고 방식에 대해 비판을 했을 경우, 그 말을 자연스럽고 당연하게 받아들일 수 있는 영국인들이 몇이나 될까.

어쩌면 50명에 한 사람 있을까 말까 의심스럽다. 만일 그 말을 인정하는 영국인이라면 대단히 뛰어난 사람일 것이다.

독일인들은 대체로 민족적 자부심이 없는 편에 속한다. 다른 나라 사람들이 독일인들을 거짓이나 허식이 없는 국민들이라고 말하는 이유는 독일인들이 다른 나라에 가서 독일을 자랑하는 일이 거의 없었기 때문이다.

하지만 정계에 독일당이니 민주당이라는 새로운 정당들이 창당되면서 국민들에게 가소로운 방법으로 독일 민족의 자부심을 고취하기 시작했지만 그런 일은 지극히 예외적인 일에 속한다. 어떤 독일인들은 독일이야말로 위대한 역사를 이룰 수 있는 뛰어난 민족이라고 떠들어대기도 하지만 나는 그 말을 하는 사람들을 도무지 이해할 수가 없다.

독일의 물리학자 리히텐베르크도 독일인이 아닌 사람들이 독일인을 자처하는 일은 있지만 독일 국적이 확실하지 않은 사람들이 큰 사업을 이루거나 발명품을 만들어내면 으레 프랑스인이

아니면 영국인이라고 말하는 것은 무슨 일인지 모르겠다고 반문한 적이 있었다.

국민성이란 대다수의 사람들에게 공통된 특징을 갖는 것이므로 누구든 바른 정신으로는 찬사를 보낼 수 없는 일이다. 어느 나라나 국민들이 좋은 점도 있지만 사악한 인간의 속성을 모두 지니고 있기 때문에 우리들은 그 많은 속성들 중에서 어느 하나를 끄집어내서 찬사를 보내거나 혐오감을 보낼 필요는 없다.

따라서 어느 나라 국민들이나 다른 나라의 국민성을 비난해서는 안 된다. 왜냐하면 그가 비난하고 있는 바로 그 점을 자기 나라의 국민들도 똑같이 갖고 있기 때문이다. 물론 비난하는 것은 자유지만 그것이 두 나라의 우열이나 승부를 결정짓는 것은 아니다.

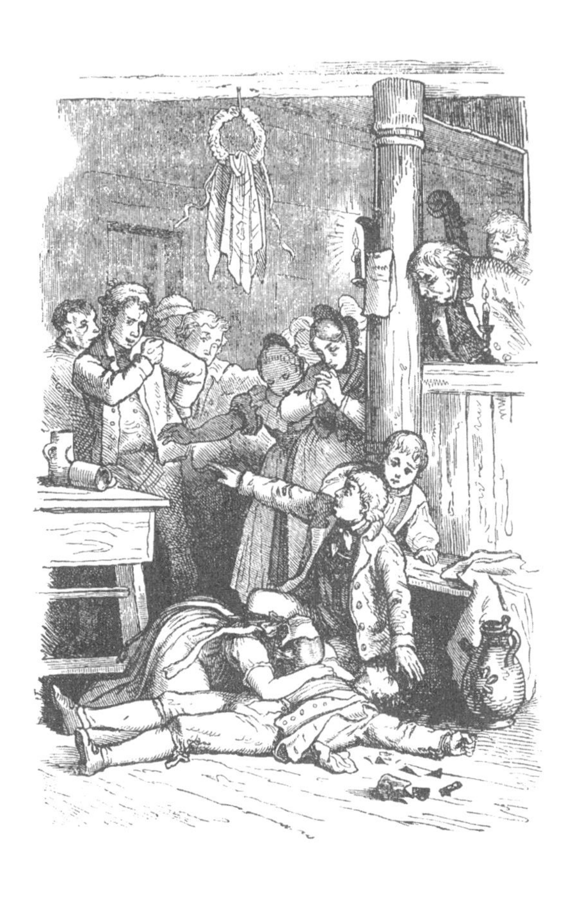

## 명예가 이득을 주지 않으면 손가락 하나 까딱하지 않는다

한 번 잃은 재물은 다시 얻을 수 있지만 한 번 잃은 명예는 다시 회복할 수가 없다. 명예란 개인이 지닌 뛰어난 특성으로 얻어지는 것이 아니라 인간이 누구나 갖추어야 할 성품, 즉 많은 사람들이 인정하는 성품을 통해서 얻게 된다.

그런 의미에서 명예는 소극적이고, 명성은 적극적이다. 명예는 그것을 갖기 위해 노력한 결과로 얻어지는 것이지만 명성은 다른 사람보다 뛰어난 특질이나 재질에 의해 얻어지기 때문이다. 따라서 명성이 없다는 것은 자신이 세상에 널리 알려지지 않았다는 뜻이다.

우리가 나이 많은 사람을 존경하는 것은 오랜 연륜을 거치면서 많은 시련을 극복한 결과에 대한 예의의 표시이다. 하지만 오래 살았다는 것 자체만으로 젊은이의 존경을 받는 것은 아니다. 그가 이웃과 사회에서 신뢰할 만한 삶을 살았다는 믿음이 전제되어야만 존경을 받을 수 있게 된다.

특히 오늘날과 같은 문명 사회에서는 사회가 우리들의 생명과 재산을 보호해주고 있다. 따라서 어떤 일이든지 남의 도움을 받아야 하고 함께 일하려면 신용을 얻어야 한다. 그리고 거기에는 남들의 나에 대한 견해와 평가 역시 중요한 가치를 갖고 있다고 생각한다.

물론 나는 여기서 남들의 견해와 평가에 큰 가치를 부여하고 싶지는 않다. 그 점에 대해서는 로마의 철학자이자 정치가였던 키케로도 내 생각과 일치하고 있다.

스토아 학파의 철학자 크리시포스나 디오게네스도 말했지만 '사람들은 만일 명예를 통해서 발생하는 이득이 없다면 명예를 위해서 손가락 하나 까닥 하지 않았을 것이다' 라는 말에 동감한다. 이렇게 사람이 명예를 지키는 것은 그것이 가져다주는 이득이 크기 때문이다.

프랑스의 철학자 헬베시우스도 그의 저서에서 그 점에 관해서 다음과 같은 결론을 내린 적이 있다. '우리는 명예를 통해서 생기는 이득이 있기 때문에 어른을 존중한다.'

수단이란 목적 이상의 가치를 갖지 못하기 때문에 '명예는 목숨보다 소중하다' 는 화려한 격언은 한갓 과장에 불과하다.

## 여성은 순결과 자녀를 제공하는 대가로 남성의 돈과 보호를 원한다

성적 관점으로 보면 여자의 명예는 남자와는 좀 다르다. 처녀는 순결에 대한 명예심이 높고, 기혼 여자는 배우자에 대한 순결을 지키는 것을 명예로 삼는다.

이처럼 여자들이 순결에 대한 명예를 소중히 여기는 것은 삶의 미래와 소망을 대부분 남자들에 의존하고 있기 때문이다. 반면에 남자들은 자신의 미래와 소망을 여자들에게 의존하고 있는 것은 아니다.

우선 원시 사회의 기본적인 남녀 관계를 살펴보자. 남자들은 뛰어난 체력과 지력으로 사냥에 나가 맹수들과 싸워 먹이를 잡아오고 생활 필수품들을 만들어내면서 재물을 소유할 수 있었지만 여자들은 그럴 능력이 없었다.

여자들은 식량과 물품이 필요하고 자신들을 위험으로부터 지켜줄 남자가 필요했다. 그렇다고 남자들이 가진 것을 빼앗고 무조건 위험으로부터의 보호를 요구할 수가 없었기 때문에 그 대신 여자는 남자에게 대가를 지불해야 했다.

그 대가란 다름 아니라 여자는 한 남자를 선택하면 그 남자에 대한 성적 순결을 지켜야 하며 자녀를 낳고 양육하고 가정을 꾸

려나간다는 조건을 못박아 둔 것이다.

여자와 남자는 그 거래 조건을 서로 납득하고 받아들이기 위해 결혼이라는 사회적인 제도를 만든 것이다. 그런데 남자들은 본래 성적으로 한 여자에게만 묶이고 싶지 않은 자유 분방한 본능이 있기 때문에 여자들은 그것이 가장 큰 경계의 대상이 되었다.

이제 여성들은 힘을 합쳐서 자신들의 공동의 적인 남성들의 욕망을 견제할 수 있는 하나의 불문율을 만들기 시작했다. 앞으로 모든 여자들은 정식으로 결혼하지 않고는 어떤 남자에게도 몸을 맡기지 않겠다는 것이었다.

그로 인해 모든 남자들은 어쩔 수 없이 여자들에게 결혼을 강요당하게 되었다. 그로 인해 여성들은 비로소 생활을 보장받을 수 있게 되었다.

그러나 그 목적을 이루기 위해서는 그 불문율을 엄격하게 준수하도록 모든 여성들을 독려하고 감시해야만 했다.

따라서 어떤 처녀가 불문율을 어기고 결혼하지 않고 몰래 남자와 정을 통하거나 결혼한 여자가 은밀히 다른 남자와 간통을 해서 규약을 어기면 사회적 악폐는 물론 여성들에게 큰 피해를 주고 명예를 해친 것이므로 그 여자는 심한 치욕을 감수할 수밖에 없었다.

독일의 법학자 토마시우스의 축첩론을 보면 유럽의 경우 루터의 종교 개혁 전에는 거의 모든 나라들이 축첩을 법으로 허용하고 있었다.

축첩이란 첫 아내 이외에 제2의 아내를 두는 것으로 그런 사회적 현상은 공인되어 둘째 아내도 정식 아내와 똑같은 권리를 보장받았다.

고대 바빌론에서는 미혼자들과 기혼 남녀들이 밀회를 즐기는 일들이 성행했다. 하지만 여자들이 바람을 피워서 갖게 되는 불명예에 비하면 남자들의 경우는 별로 심각하지 않았다. 그 이유는 남자들이 보다 더 사회적으로 중요한 일에 관여하고 있었기 때문이다.

## 살아서 자기 기념관을 짓는 것처럼 자신을 모독하는 행위는 없다

인간의 참된 행복은 명성에 있는 것이 아니라 명성을 낳은 그 사람의 가치, 즉 명성의 근원이 되는 도덕적인 성품과 이지적인 재능에 있다.

우리들의 행복은 우리 자신속에 깃들어 있기 때문이다. 따라서 남이 우리를 어떻게 바라보느냐에 의존해야 하는 명예는 세속적인 덤에 불과할 뿐이다.

참된 명성은 살아 있을 때가 아니라 우리가 죽은 후에 그 진가를 발휘하는 것이 대부분이다. 어떤 사람이 살아 있는 동안 자신의 타고난 재능과 노력으로 예술 작품을 완성했을 때 그 작가의 행복은 이미 그 자신의 위대한 정신과 뛰어난 두뇌 속에 깃들어 있었던 것이므로 그는 이미 그 대가를 받은 것이다.

따라서 비록 그가 살아 있을 때는 명성을 얻지 못했다 해도 그는 이미 행복을 얻은 것과 같다. 대체로 불후의 명작이 동시대 사람들에게 명성을 얻는 경우는 지극히 우연한 경우에만 해당된다.

왜냐하면 먼 훗날에 평가를 받게 될 작품이란 동시대의 사람들이 판별하거나 이해할 수 없는 난해한 작품들이 많기 때문이다. 그러나 그런 작품들이 명성을 얻는 것은 한 시대를 꿰뚫는 뛰어난 일부 평론가 몇몇의 찬사를 얻어 들은 일반 대중들이 부화뇌동하여 갈채를 보낸 것에 불과하다.

가령 음악 연주회에서 한 음악가가 관객들의 우레 같은 갈채를 받았다고 하자. 그렇다고 관객 모두가 자기 음악의 가치를 충분히 이해하고 열광하는 것은 아니라는 것을 음악가는 잘 알아야 한다.

음악가는 객석에 있는 몇몇 전문가들이 치는 박수를 관객들이 예의를 생각해서 따라 치고 있다는 것을 깨달아야 한다. 진정으로 우러난 찬사의 갈채는 객석의 지극히 일부분일 뿐이다.

어떤 사람이 생전에 자기 동상을 세우거나 기념비나 기념관을 짓는 것은 자기가 죽은 후에는 아무도 자기를 기릴 사람이 없다는 것을 스스로 잘 알고 있다는 것을 널리 세상에 알리는 일이다.

그런 것은 명예나 명성이 아니라 자신을 욕되게 하는 일이다. 그것이 스스로를 모욕하는 일이라는 것을 모르기 때문에 그런 일도 할 수 있을 것이다. 위대한 명성을 얻는 일이 생전에 빛을 내는 경우가 있다면 대체로 젊은 시절보다는 나이가 들었을 때이다.

세계적인 위인들의 초상화가 대체로 백발의 노인인 것이 바로 그 증거이다. 명성이 노년기에 절정에 이르는 것은 다행한 일이 아닐 수 없다. 왜냐하면 명성을 젊음과 함께 누리는 것은 연약한 인간에게는 너무 벅찬 일이기 때문이다.

제5장

# 인간은 본래 이기적 존재다

# 우주가 당장 멸망해도 나만 살면 되는 거야

인간의 이기심처럼 무서운 것은 없다. 사람들은 예의나 겸손을 통해 자신의 이기심을 감추려고 하지만 그것은 언제나 가면의 껍질을 뚫고 나와서 남들과 어울릴 때마다 작동을 시작한다.

사람은 남을 만나면 그가 우선 먼저 나에게 어떤 이득을 줄 수 있을까를 저울질하기 시작한다. 이 사람은 내게 도움이 될까? 내가 이 사람을 좀 써먹어 볼 기회가 있을까? 선한 사람이 되겠다고 애써 노력하지 않는 한 누구나 본능적으로 그런 생각을 한다. 아니라면 거짓말이다.

만일 그가 내게 이득이 안 되는 사람이라는 생각이 들면 그는 금세 무시해버린다. 반면에 조금이라도 이득이 된다는 느낌이 들면 쉽게 버리지 않는다. 이기심은 끝이 없다.

사람은 누구나 자신의 존재를 유지하고 고통이나 고민을 피하려는 절대적인 욕구를 본능적으로 갖고 있고, 안락과 평화를 누리고 즐거움과 기쁨, 향락을 탐닉하려고 한다.

그래서 자신의 이기심과 탐내는 대상 사이에 장애물이 나타나면 곧 불쾌하게 여기고 혐오감과 증오와 분노를 일으켜 그것을 제거하려고 한다. 만일 제거할 수 없다면 최소한 그것을 자신의 지배하에 두고 싶어한다.

'내게 다 줘! 넌 아무 것도 없어도 돼. 내가 알아서 해줄게.' 이것이 내 마음이다. 사람의 이기심은 너무 커서 그것은 우주도 다 채울 수 없다.

누구에게나 '우주의 멸망과 자신의 멸망 중에서 어느 것을 선택하겠느냐' 고 물어보아라. 답은 이미 나와 있다. 사람은 누구나 자기 자신을 세상의 중심에 놓고 모든 일을 사소한 일에서 큰 일에 이르기까지 자기 자신과 결부시키고 있다.

심지어는 전쟁이 일어나 국가에 존망의 위기가 닥쳐도 '그럼 나는 어떻게 되지? 어떻게 하는 것이 가장 좋은 방법이지?' 하고 제일 먼저 자신의 이해 타산을 떠올린다.

이기심에서는 나보다 앞서는 우선 순위는 없다. 남의 입장은 그 다음 문제다. 나만 그런가? 아니다. 모든 인간이 다 그렇다. 나는 이 세상에서 가장 중요한 중심축이며 남은 안중에도 없다. 나는 인간의 이기심을 강조하기 위해 이런 생각을 해본 적이 있었다.

'대부분의 사람들은 남을 죽여서 기름을 짜서 자기 구두를 닦으라고 해도 사양할 사람이 없을 것이다.'

이것은 너무 지나친 비유일까?

## 국가의 법과 질서가 없다면 인간은 모두 동물로 변한다

모든 개인의 이기주의를 합친 것이 곧 국가이다. 이 국가라는 큰 권위가 있기 때문에 개인의 이기주의는 억제되고 숨겨지고 있다. 만일 법을 집행하는 국가 권력이 없다면 개인의 이기주의는 사방에서 무섭게 기승을 부릴 것이다.

전쟁이나 내란으로 국가의 권위와 질서가 무너진 나라의 모습을 보면 잘 안다. 모든 개인은 수천 수만 마리의 이기주의의 짐승이 되어 있다.

그들은 미구 거리로 뛰쳐나와서 약탈과 살인과 파괴를 일삼는다. 그들은 사실상 호랑이, 늑대, 여우일 뿐이지 이미 인간이 아니다.

이렇게 보면 모든 개인의 이기주의와 사욕에서 나타나는 흉포성은 국가와 법이라는 사슬에 얽매여 겉으로 드러나지 않고 잠재되어 있었을 뿐이라는 말이 된다.

인간은 국가와 법이 없는 한 인간이 아니다. 법과 질서가 무너지는 그 순간부터 사회에서 벌어지는 처참한 광경은 누구나 쉽게 상상할 수 있다.

인간이 아무리 선하게 태어났고, 양심이 있고, 윤리와 도덕과 신앙심을 지니고 있다 해도 국가라는 권력이 집행하는 법과 질서가 무너졌을 때 그런 것들이 아무 짝에도 소용없어지고 모두가 야수로 돌변한다면 인간의 존엄이나 명예는 무엇이란 말인가.

인간에게 무슨 양심이 있다고 말할 수 있는가. 인간은 양심에 거슬리는 일을 행할 때도 그 행위 자체 때문에 괴로워하는 것이 아니라 그 행위의 결과를 두려워하고 있다.

남의 물건을 훔칠 때는 훔치는 과정이 두려운 것이 아니라 훔친 후에 경찰에 붙들려서 처벌을 받는 것을 두려워한다.

그것은 마치 일부의 유대인들이 토요일에 담뱃불을 붙여 입에 물고는 '너희는 안식일에 집에서 어떤 불도 켜지 말아라' 라는 모세의 율법을 어긴 것을 깨닫고 괴로워하는 것과 무엇이 다른가.

## 벗어나고 싶은 것은 생존이 아니라 고뇌이다

자살하는 사람이 삶을 포기하려고 하는 것은 생명 자체의 부정이 아니라 삶의 조건에 절망하고 있기 때문이다. 그는 살려는 의지 자체를 단절하고 싶은 것이 아니라는 뜻이다.

그가 삶을 포기하려는 것은 삶을 더 이상 자기 뜻대로 살 수 없기 때문이다. 그가 벗어나려고 하는 것은 생존 자체가 아니라 바로 고뇌 그 자체인 것이다.

우리들의 의지가 자발적으로 생존을 포기하려면, 이미 그 이전에 우리는 커다란 고뇌에 의해 절망적인 좌절을 겪어야 한다. 그리고 우리는 그 고뇌에서 벗어나기 위해 끝까지 몸부림치며 버티다가 마침내 마지막으로 절망의 절벽에 섰을 때 갑자기 제정신으로 돌아올 수 있으며 그제야 세상을 새로운 눈으로 깨닫게 될 것이다.

그런 고뇌의 과정을 거쳐서야 그는 지금까지 한 번도 겪어보지 못했던 높은 영혼의 정신적 경지에 이를 수가 있게 된다. 그런 상황에서만이 우리가 말하는 해탈, 즉 살려는 의지의 포기가 제대로 이루어질 수 있다.

죄인도 큰 고뇌 속에서 정화되어야만 새사람으로 거듭난다.

그런 예는 세상에 많다. 그 경지가 되어야 그에게는 죄가 양심의 가책을 느끼는 원인이 되지 않는다. 그는 하루 속히 죽어서 그 죄를 보상하려고 할 것이다.

그는 자신이라는 이 세상의 피상적 존재가 이미 자신과는 무관한 존재가 되어 그것이 죄와 함께 한꺼번에 소멸되기를 원하게 된다.

독일의 작가 괴테는 파우스트라는 작품에서 그레첸의 입을 빌려 인간의 의지가 큰 불행과 절망을 통해 자기 포기에 이르는 과정을 잘 묘사하고 있다. 그 과정은 매우 훌륭하게 그려져 있다.

여기서 그레첸은 자신이 세상 사람들의 모든 고뇌를 잘 깨닫고, 자기 자신도 일체의 중생처럼 그 고뇌를 함께 걸머지는 것이 아니라 스스로 해탈에 이르는 간접적인 방법을 선택하고 있다.

## 살아 있다는 것은 너무나 큰 모순이다

우리는 너무나 큰 고뇌와 불행을 당하면 생존 의지, 즉 산다는 것 자체가 얼마나 모순인가를 깨닫게 된다. '너무 힘들다. 이렇게 살아서 뭘 하지?' 그래서 살려는 의지에서 나오는 온갖 노력이 너무나 허망하다는 것을 마침내 인식하게 된다.

국왕이나 명성이 높은 난세의 영웅들, 혹은 그 밖에 남들이 겪지 못한 혹독한 고통을 경험한 사람들이 강한 욕망을 추구하면서 파란만장한 생애를 보낸 후에 어느 날 갑자기 세상을 등지고 산 속으로 들어가 수도자나 은둔자가 되는 것은 그 때문이다.

레이먼드 루레의 이야기는 대표적인 경우이다. 그는 오랫동안 마음속으로 사랑해왔던 한 여자로부터 마침내 만나자는 말을 듣고 미칠 듯이 기뻤다.

그러나 그녀가 옷을 벗어서 그에게 유방암으로 피폐해진 자신의 가슴을 보여주자 너무나 큰 절망감의 지옥에 빠졌다. 그는 마침내 마음을 돌려 마요르크의 왕궁을 등지고 거치른 황야로 들어가 고독과 고행으로 일생을 마쳤다.

란세는 말할 수 없는 큰 고통을 겪은 후 1663년에 창립 취지에서 벗어난 트라피스트 수도원의 개혁에 나섰다. 트라피스트 수도원이 오늘날 세계에서 가장 철저한 금욕 생활을 실천하는 수도회가 된 것은 그 때문이었다. 수도자들은 혹독한 단식과 기도와 가혹한 노동의 육체적 고행을 통해 수도원의 순수성을 유지하고 있다.

그 동안 모든 다른 수도회는 쇠퇴의 길을 걸었지만 이 수도원만은 지금도 건재하고 있다는 것이 그것을 증명해주고 있다. 그런데 이 수도원이 세상에서 가장 쾌활하고 낙천적인 프랑스인들에 의해 창설되었다는 사실은 놀라운 일이다.

우리는 빈약한 성품과 편견과 선입관에서 벗어나 고뇌를 극복하고 자기를 재인식한 다음 이 세상에 살아 있는 자기 자신을 포기한 채 남은 생애 동안 육체가 소멸되기를 기다리며 사는 사람들의 의지가 무엇인지 잘 알아야 한다.

그들은 왜 그렇게 사는가? 그들은 강렬한 욕망의 노예적 삶을 극복하고 초월해서 마음의 평온과 고요를 얻었으며, 깊은 자기 인식과 자기 확신과 영적 행복감에 젖어서 살고 있다는 것을 알아야 한다. 그들은 버리면 얻는 방법을 우리에게 알려주고 있다.

우리는 생존의 의지에 얽매인 채 허망한 욕망을 삶의 꿈으로 여기고 살고 있다. 하지만 그렇게 생존 의지의 속박에서 벗어난 자들은 얼굴에도 그 마음이 드러나 있다.

라파엘이나 코울리지가 보여주는 삶의 존엄성에 대해서 우리는 머리를 숙여 경탄해야 한다. 그들이야말로 참된 복음이다. 그들에게는 인식만 남아 있고, 의지는 소멸되어 있는 것이다.

제6장

# 종교는 신화다

## 인간이 영원히 산다면 더 이상 종교는 없다

인간이 철학을 연구하고 신앙을 가지려는 가장 큰 이유는 죽음의 불가피성을 인정하고 있기 때문이다. 만일 인간의 생명이 무한하고 고통이 없다면 아무도 이 세상이 왜 존재하며 우리가 왜 살아야 하는가를 의심하지 않았을 것이다.

우리가 철학과 종교에 관심을 갖는 것은 인간이 죽은 후에는 어떻게 될 것인가와 불멸에 대한 관심 때문이다. 만일 어떤 방법으로든 인간의 영원한 생명이 입증된다면 신에 대한 우리의 믿음도 곧 식어버릴 것이다.

그와 반대로 인간의 영원한 삶이 불가능하다는 것이 입증되어도 신앙은 아무도 거들떠보지 않을 것이다. 따라서 철저한 유물론이나 회의적인 세계관은 그 옳고 그름을 떠나서 감화를 줄 수가 없다.

어느 시대나 어느 곳에서나 성당이나 교회와 절이나 신전 등은 건축미의 극치를 이루고 있다. 그것은 인간이 신에 대한 깊은 열망을 갖고 있다는 뜻이다.

이 열망은 물질적인 욕구와 어깨를 나란히 하고 있다. 단지 신에 대한 열망은 물질적 욕구보다 약하다. 왜냐하면 사람들은 조잡하게 꾸민 천박한 신화만으로도 만족하는 경우가 대부분이기 때문이다.

예를 들어 이슬람교의 경전인 코란을 보자. 그렇게 유치하게 꾸며진 책이 하나의 종교를 탄생시키고 그 종교는 전세계에 보급되어 1,200년 이상이나 수천만 명의 열광적인 욕구를 만족시키고 그들의 도덕적 이념이 되어 죽음까지도 돌보지 않게 만들고 있지 않은가.

그것은 인간을 피비린내 나는 격전의 소용돌이 속에 몰아넣어 큰 승리도 얻었지만 사실상 그곳에는 가장 속되고 경박한 주장들이 들어 있을 뿐이다.

오늘날 읽히고 있는 코란은 여러 번 번역되면서 개악된 부분도 있겠지만 나는 거기에서 어떤 의미나 가치가 있는 대목을 전혀 찾아보지 못했다.

# 어느 하느님이 우리들의 진정한 주인인가

인간은 이 세상에서 일어나는 고뇌나 걱정도 모자라서 수백 수천 가지의 미신 같은 공상의 세계인 신을 내세워 스스로 몸과 마음을 계속 괴롭히고 있다.

인간은 조금이라도 여유가 있으면 그 여유로운 공간과 시간을 즐기지 못하고, 그런 만화 같은 공상 세계를 위해 엄청난 시간과 능력을 낭비하고 사는 것이다.

왜 이런 어처구니없는 일들이 일어났는가. 옛 인도는 물론 그리스와 로마, 그리고 이어서 이탈리아와 스페인 사람들이 어떻게 살았는지 역사적 과정을 살펴보면 잘 알 수가 있다.

그들에게는 옛날부터 온화한 기후와 비옥한 땅의 혜택을 받아 편하고 풍요롭게 살 수 있는 조건이 갖추어져 있었다.

그런데도 그렇게 주어진 혜택을 기쁘게 누리며 살지 못하고 인간과 유사한 악마나 우상의 신을 만들어 받들어 모시고, 신전을 지어 제물을 바치고 기도를 드리며 그림과 조각품들을 끊임없이 만들었다.

그리고 그들은 자기들이 만들어 놓은 신에게 정성을 다 바쳐 헌신적으로 살았으며 신에게 희망을 걸고 살았던 것이다.

그들은 살아 있는 인간보다는 자기들이 만든 신과의 만남을 더욱 즐겼다.

그리고 뜻밖의 불행이라도 닥치면 자기가 섬기고 있는 영혼의 세계를 들여다보고 귀중한 시간과 정신을 무익한 기도나 제물을 바치는 데 소비했다.

그것이 그들에게는 유일한 구원의 수단이었다. 그들에게는 진리가 필요 없었다. 왜냐하면 그들은 진리를 깨달을 수 있는 머리가 없었던 것이다.

그렇다면 그들이 그처럼 시간과 정성을 바친 신들은 그들을 위해 무엇을 해주었는가. 그들에게 단 하루만 법이 폐지되었다고 가정해보자.

그들이 사는 세상이 어떤 야수들의 천지가 될지 상상할 수 있을 것이다. 그들은 저마다 약탈하고 빼앗고 죽이는 무법천지를 볼 것이다. 그들은 도덕이니 양심이니 진리가 얼마나 무력한가를 새삼스럽게 깨달을 수 있을 것이다.

그렇게 되면 지금까지 그들을 지켜준 것은 그들이 섬기던 신이 아니라 경찰과 사법권이었다는 것을 새삼 깨달을 수 있었을 것이다.

## 누가 천국으로 안내하는 중개자가 될 수 있는가

그리스도교 윤리는 어느 종교보다 훌륭하지만 그렇다고 유럽인들의 도덕심이 그만큼 향상되었거나 우월해진 것은 아니었다. 만일 그렇게 생각하면 큰 잘못이다. 이슬람교나 힌두교나 불교도 그리스도교와 견줄 만한 정직과 성실, 관용과 온유, 인내와 자비는 다 있다.

오히려 그리스도교가 역사적으로 저지른 야만적 잔악 행위는 이루 헤아릴 수도 없다. 참혹한 십자군 전쟁, 아메리카나 아프리카에 침략하여 원주민들을 학살한 죄악상, 그들에게 저지른 식민지의 노예적 지배와 재물 약탈이며 이교도에 대한 박해, 잔인한 죄악인 종교 재판이며, 성 바르톨로메오 축일의 잔혹한 밤과 1만8천 명의 그리스인 처형 사건 등등 그리스도교가 인류에게 얼마나 큰 피해를 입혔는가를 우리는 너무나 잘 알고 있다.

가톨릭 교회는 이제 천국으로 안내하는 중개자로 나섰으며, 사제 앞에서 신자들은 참회를 해야 한다는 재미있는 발상도 나왔다. 인간은 누구나 이성이 있는 한 정의를 구별할 줄 알고 죄를 판단할 수 있으며 누구나 자기 자신에 대해서는 훌륭한 재판관이 될 수가 있다. 자기 자신을 속일 수 없는 한 그렇다.

따라서 성자도 선을 행하고 악을 미워하는 한 남의 참회를 들을 자격이 있다. 그 정도의 신의 대리자 역할은 웬만한 인격을 갖춘 사람은 누구나 할 수가 있는 것이지 가톨릭 사제만 그런 권리를 가진 것은 아니다.

지금까지 나는 여러 종교의 폐해에 대해 언급했지만 이제 종교는 대중에게 많은 혜택을 주는 생활의 필수품이 되었다. 따라서 종교가 진리를 배격하고 인류의 향상을 방해하더라도 비난을 해서는 안 된다는 생각이다.

그러나 괴테나 세익스피어 같은 위대한 정신과 영혼을 가진 사람들에게 어떤 종교의 교리를 믿도록 강요한다는 것은 마치 거인에게 난쟁이의 구두를 신으라고 명령하는 것처럼 어리석은 일인 것은 사실이다.

모든 기성 종교들은 철학이 차지하는 지위를 박탈하려고 애쓰지만 철학자는 종교를 필요악으로 인정할 수밖에 없다. 또한 철학자는 종교를 약하고 외로운 다수의 인간 정신을 보호하기 위한 방편으로 인정하지만, 종교가 저지르는 악에 대해서는 항상 적대적인 태세를 갖추어야 한다. 철학자가 아니면 종교의 병폐를 견제할 수 있는 세력이 없기 때문이다.

근대 철학이 가장 문제로 삼고 있는 하느님은 궁중 감독관의 권력 밑에 놓여있는 프랑크왕 같은 존재이다. 따라서 오늘날 신이라는 낱말은 교회의 권력자나 정권의 권력에 매달려 자신의 부귀 영화를 꿈꾸는 저속한 학자들이 자기들의 이득과 권리를 위해 보존하고 있는 허약한 하느님이다.

## 개신교는 금욕주의를 부인했다

'모든 것이 이상적이다'라는 구약성서의 가르침은 순수한 그리스도교 입장에서 보면 이교도적 세계관이 분명하다. 신약성서는 어느 곳이나 세상이 못마땅하게 그려져 있다. 마치 세상은 악마의 지배하에 놓여있는 곳처럼 무섭다. 정을 붙일 수가 없다.

세상을 그런 관점으로 보는 것은 고행을 통해 현실을 극복하자는 뜻일 수도 있다. 따라서 그 정신으로 우리는 이웃을 사랑하고 남의 죄를 용서하자는 것이다. 바로 그 가르침은 그리스도교뿐만 아니라 힌두교나 불교의 근본 특징을 이루고 있다.

그 점에서는 세 종교가 아주 밀접하게 관련을 갖고 있다. 하지만 그리스도교는 역사적 사실을 솔직하게 털어놓고 진실한 내면을 성찰할 필요가 있다.

개신교는 금욕주의와 독신주의를 부인했다. 이것은 본래의 그리스도교 정신에서 벗어난 것으로 어떤 의미에서는 일종의 배교일 수도 있다.

진정한 그리스도교 정신과 가르침은 인간이 단지 세상에 태어났다는 사실 하나만으로도 무거운 원죄를 피할 수 없다는 관점에서 출발하고 있다.

인간의 진정한 자유와 구원은 고통과 희생과 욕망의 억제와 자아의 극복 등 인간성의 전면적인 쇄신에 의해서 가능하다고 가르친다. 낙천주의란 무엇인가.

그것은 인간의 본성 가운데 살려는 의지에 현혹되어 멋대로 떠드는 찬사에 지나지 않는다. 그런 허망한 주장은 사람의 마음을 타락시킬 뿐이다.

낙천주의는 인생을 이상적인 무대로 바라보고 인생의 목적은 쾌락과 행복에 있기 때문에 모든 인간은 자기의 행복과 만족과 환락에 대한 청구권을 행사하겠다는 뜻이다.

그래서 그 환락의 청구권을 이 세상에서 행사하지 못하고 비관적으로 살면 삶의 목적을 달성하지 못한 것으로 여긴다.

그러나 참된 인생관은 인간이 끝없는 노동과 궁핍과 불행과 고뇌를 통해서 죽음으로 거듭 나는 것으로 되어 있다. 그리스도교나 불교나 힌두교도 바로 그런 관점에서 출발한다.

# 인도의 바라문경은 이웃 사랑을 강조한다

신약성서는 이 세계를 눈물의 골짜기로 보고 있고, 인생은 영혼을 정화시키는 과정일 뿐이며 그리스도교의 상징인 순교의 도구는 십자가이다. 인도인들의 윤리인 바라문경과 구약의 시편들은 모두 나를 버리고 이웃을 사랑하라고 강조하고 있다. 이웃은 사람뿐만 아니라 일체의 생물을 포함하고 있다.

그러기 위해서는 가진 것들을 남에게 주고, 자신을 해치려는 자에게까지도 온정을 베풀어야 한다. 그리고 성스러운 경지에 도달하기 위해서는 순결을 지키고 향락을 금하며 재물을 멀리하고 집과 소유물도 버리고 깊은 고독과 은둔 속에 잠입하여 정적인 관조속에서 의지를 소멸시키기 위해 고행을 하고 마침내 굶어 죽어서 악어의 밥이 되거나 히말라야 산에서 몸을 던지거나 스스로 생매장을 당하거나 꽃상여에 몸을 던져 죽어야 한다.

이 가르침은 인도에서 4천 년이나 내려와 지금도 인도인들의 의식 속에 뿌리 깊이 남아있다.

이런 관습과 진리는 결코 몇몇 사람들의 가르침이나 환상에서 나온 것이 아니다. 게다가 인도의 고행자들의 전기와 그리스도교의 기록들을 비교해보면 거기에는 놀랍게도 공통된 논리가 발견 된다.

이렇게 인도인들과 유럽인들의 사이에 시대적인 간격을 두고 그 같은 교리나 관습이 일치하고 있다는 것은 양쪽이 주장하고 있는 고행과 금욕이 결코 평범한 낙천주의자들의 안이한 상식과는 전혀 다르다는 것을 입증하고 있다.

내가 개신교가 금욕주의와 독신주의를 버린 것이 그리스도교의 진리와 다르며, 그것은 일종의 배교라고 말하는 것은 그런 뜻이다.

제7장

# 정치는 야성적으로 하라

# 무정부 상태보다는 독재 정치가 낫다

인간을 잘 연구해보면 야생의 맹수와 똑같은 속성을 가졌다. 우리는 인간이 만물의 영장임을 주장하고 도덕적 우월성과 인격을 내세우지만 그럼에도 불구하고 야수보다 더 잔인하고 무서운 본능을 발휘하는 것이 인간이라는 것을 잘 안다.

인간의 잔인성은 야수의 잔인성보다 소름끼칠 만큼 위악적이다. 가령 전쟁이 터지거나 국가의 법질서가 무너졌을 때 혹은 무정부 상태의 폭동이 돌발적으로 발생했을 때를 보면 인간은 자신이 짐승보다 못하다는 사실을 스스로 노출시키고 있다.

따라서 인간 사회의 조직 체계는 전제 정치와 무정부 상태의 두 극단적인 대립이 초래하는 해악 사이에 있으며, 어느 한쪽에서 멀어질수록 다른 쪽에 가까워지는 것을 알 수가 있다.

그렇다고 그 중간 상태가 가장 이상적이라고 생각하는 것은 잘못이다. 그렇다면 그런 야수들을 다스리는 통치자는 어떻게 해야 하는가. 한 마디로 더 지능적이고 더 야성적인 수단을 갖추지 않으면 안 된다.

물론 이것은 제왕에게 해당되는 말이긴 해도 다른 정치 체제의 최고 통치자도 여기서 예외는 아니다.

위에서 말한 두 개의 극단적인 해악은 모두 두려운 것이라거나 부당한 것은 아니다. 전제 정치의 폐단은 일정한 범위 내에 국한되어 있으며 그 피해자는 백만 명에 한 사람 정도지만 무정부 상태에서는 모든 국민이 날마다 그 피해를 입을 수밖에 없다.

그러므로 모든 정치 체제는 무정부 상태보다는 전제 정치, 즉 국민을 일정한 상태로 억압하는 쪽으로 기울어지는 편이 훨씬 낫다. 즉 내 얘기는 정치란 무정부 상태로 방치해 두기보다는 좀 더 강압적이고 전제적인 상태가 국민들 모두에게 더 유익하다는 뜻이다.

## 국가의 최고 통치자는 누구보다 강하고 지혜롭고 깨끗해야 한다

국가의 통치자는 나라를 다스릴 때 '하느님의 뜻으로' 통치한다는 말보다는 '큰 악이 아니라 작은 악인 자기 자신'이 통치한다고 말하는 것이 좋다. 자기가 작은 악이라는 것을 시인하라는 뜻이다. 국가는 최고 통치자가 없으면 유지될 수가 없다. 따라서 최고의 통치자는 사실상 국가라는 큰 건물의 붕괴를 막고 있는 돌기둥이나 다름없는 셈이다.

따라서 최고의 통치자는 국가를 다스릴 때 각계 각층으로부터 비난과 원성을 들을 수밖에 없다. 국가라는 큰 틀을 전체적으로 조종하자면 통치자는 스스로 악역을 맡지 않을 수가 없다. 어느 시대 어느 국가도 정치 체제나 법 제도에 대해 불만이 없는 경우는 없다. 인간에게 고뇌가 늘 따라다니듯 국가에도 늘 고난과 역경의 파도가 수시로 몰려오는 법이다.

따라서 국가의 최고 통치자는 어느 누구보다도 강하고 지혜롭고 깨끗하고 도덕적인 인물이 되어야 한다. 그렇지 못하면 국가라는 큰 건물의 돌기둥을 유지하기가 대단히 어렵다. 자격없는 통치자의 통치는 짧을수록 좋고, 길수록 폐해는 더욱 커진다.

## 국가의 목표는 경제 성장이 아니라 인간애가 있는 행복한 문명 사회다

그리스도교 신화는 인간의 삶의 고뇌는 아담을 통하여 모든 인간이 신의 저주를 받았기 때문에 오는 것이라고 믿게 한다. 그래서 일부의 정치 지도자들은 바로 그 신앙을 공격 무기로 삐들고 허구의 극단적인 주장을 하는 경우도 많다.

일부 국민들은 국가는 본래 잘 만들어진 행복의 유토피아지만 제도나 정치가 잘못되어 사람들이 힘들고 어렵게 살고 있다고 믿고 있다. 그래서 정치 지도자들이 나라를 잘만 통치하면 국민들이 경제 개발을 이루며 질 살 수 있을 것이라고 생각한다.

하지만 국가의 목표는 끝없는 경제 성장이나 발전과 진보에 있는 것이 아니다. 세계적으로 선진 국가라는 나라를 보면 안일과 나태, 보다 많은 탐욕과 도덕적 붕괴를 통해서 더 큰 비극과 반인류적인 작태들이 성행하고 있고, 그것이 국민을 한층 더 불행하게 만들고 있다.

진보나 발전은 더 큰 탐욕과 더 큰 만족으로 향하는 진화를 원한다. 그러나 오히려 경제 성장이 안 되고, 가난하고 헐벗은 국가의 국민들이 문명의 피해로부터 한층 더 안전하고, 따뜻한 인간애를 통해서 행복을 느끼는 경우가 많다. 인간은 세상에 태어난 순간 이미 끝없는 고뇌와 멸망이라는 운명을 지니고 있다.

따라서 국가의 힘으로 혹은 인위적인 제도로 부정과 부패가 없어져서 천국 같은 세상이 이루어졌다고 해도, 결국 인간은 그것을 계속 유지시킬 수 있는 힘이 없기 때문에 서로 물어뜯고 싸우고 야수로 변하거나 아니면 전쟁으로 혹은 인구 증가나 기근으로 파멸을 자초하는 길을 가게 되어 있다.

## 수백 억대나 수천 원이나 횡령은 똑같은 도둑이다

누구나 자기 행동을 살펴보면 마음속에 무서운 악의 욕망이 숨어있는 것을 알게 된다. 그러나 그것을 멀쩡한 눈으로 주시하는 사람은 거의 없다.

사람들은 피를 통해서 권력을 쟁취한 로베스피엘이나 나폴레옹, 그리고 터키의 제왕들을 보아왔다.

그들을 길거리에서 만나는 사나운 사자로 생각하는가? 그렇게 생각하면 큰 잘못이다. 모든 인간은 그럴 만한 환경과 조건이 갖추어지면 누구나 사자의 발톱 같은 악마가 될 수 있다.

그들이 아니더라도 인류 역사상 위에 든 몇몇 사나운 사자들보다 더 잔혹하고 무서운 인간들을 수없이 열거할 수 있다. 사실 나폴레옹은 보통 사람들보다 더 흉악한 인물은 아니었다.

나폴레옹 역시 남을 희생시켜 자신의 욕망을 이루려는, 보통 사람이 공통적으로 갖고 있는 이기심을 사용한 데 지나지 않았다. 단지 그가 특별한 존재가 된 것은 자신의 강력한 욕구와 지능과 이성 및 용기라는 좋은 조건을 갖추었기 때문이다.

그래서 그는 보통 사람들이 마음속으로만 원하고 실천에 옮기지 못한 일들을 쉽게 이루었을 뿐이다. 품팔이 일꾼이 본래 타고난 고약한 마음으로 동료에게 손해를 끼쳐 이득을 보았다면, 비록 친구에게 끼친 손해가 아무리 작더라도 그는 나폴레옹과 똑같은 악한인 것은 사실이다.

수백 억대의 횡령이나 백 원의 횡령이나 액수와는 관계없이 죄의 값은 똑같다는 이치이다. 당신이 만일 국가 발전에 어떤 유토피아적인 계획을 갖고 있다면 정치적인 유일한 해결책은 소수의 현명하고 도덕적으로 깨끗한 통치자가 전제 정치를 어떻게 잘 하느냐에 달려있다. 하지만 소수의 현명하고 청렴한 통치자를 어떻게 뽑느냐는 것은 국민의 의식 수준에 달려있다.

더럽고 추한 정치 지도자가 다스리게 되는 것은 그런 사람을 뽑을 수밖에 없었던 국민들의 착각에서 나온 것이 아니라 그들의 수준에 맞는 인물을 골라 낸 것일 뿐이다.

그리고 탁월한 통치자를 배출하려면 성품이 고귀한 남자와 지능이 뛰어난 여자가 결혼하는 것보다 더 확실한 방법은 없다. 한 가정에 있어서도 고귀한 남자와 지능이 뛰어난 여자의 결합보다 더 실질적인 해결책은 없다. 이 제안이 나의 유토피아, 그리고 플라톤의 이상국가를 위한 것이다.

제8장

# 고뇌는 인간의 벗

## 불행이라는 장애물이 나타나야 인간은 비로소 살맛이 난다

사람은 고뇌하기 위해서 태어났다. 그렇지 않다면 우리가 이 세상을 고뇌 때문에 허덕이며 살 이유가 어디 있겠는가. 사람이 고뇌하기 위해 태어난 것이 아니라고 주장하는 것은 이치에 맞지 않는다. 하긴 사람들 중에는 몇 가지 특이한 불행을 예외로 볼 수도 있겠지만 근본적으로 이 세상은 불행으로 가득 차 있다.

강물은 장애물이 없는 한 조용히 흘러간다. 그와 똑같이 인간이나 동물들의 세상도 자신의 의지를 거스르는 장애물이 나타나지 않는다면 살아 있다는 것을 의식하지 않고도 세월을 흘려보낼 수가 있다.

하지만 인간은 자유 의지를 방해하는 불행이라는 장애물이 나타났을 때 비로소 자신이 살아 있다는 것을 의식하게 된다. 그때서야 인간은 자기의 의지를 가로막는 것들과 괴로움을 주는 것들을 뚜렷이 느끼게 되는 것이다.

그것은 마치 건강한 사람이 건강이라는 것이 소중하다는 것을 모르고 살다가 병든 후에야 건강의 소중함을 깨닫게 되는 이치와 같다.

## 적극적으로 사는 것은 만족과 불만이 정한다

어떤 사람들에게는 인간에게 해롭고 악한 것을 소극적으로 해석하는 경향이 있지만 그것은 틀린 생각이다. 왜냐하면 인간에게는 기쁘고 만족스러운 것보다는 해롭고 악한 것이 더 절실하게 느껴질 뿐만 아니라 그 자체만으로 삶이 적극성을 띠게 되기 때문이다.

따라서 어떤 사람이 소극적으로 산다는 것과 적극적으로 산다는 것은 만족과 불만이 결정해줄 뿐이다. 좀더 적극적으로 살라고 충고하는 말은 행복하고 즐거운 사람들에게는 통하지 않는다. 하지만 우리들의 즐거움이란 늘 기대에 못 미치며 고통은 실제보다 훨씬 더 괴롭게 느껴지는 법이다.

## 인생이란 휴전 없는 끝없는 전쟁이다

모든 불행과 괴로움에 관해 위안을 얻기 위해서는 자기보다 더 비참한 사람을 보면 된다. 건강한 사람이 비참하다고 느낄 때는 병원의 중환자실을 찾아가보면 자신이 얼마나 행복한 위치에 있는가를 깨닫고 가장 큰 위안을 받을 수 있다.

그렇다면 그때 인간에게 어떤 결과가 올 것인가. 소백정이 소를 잡기 위해서 들판에서 한가하게 노니는 소 떼들에게 눈독을 들이고 있는 것을 생각해보라. 우리 인간은 언제 닥칠지 모르는 불행을 앞둔 소와 똑같은 신세가 아니겠는가.

오늘은 행복한 날을 보내고 있지만 우리는 언제 질병과 재난과 전쟁의 재앙이나 슬픔과 고통이 닥칠지 모르는 위기에 방치되어 있을 뿐이다. 따라서 평화나 행복은 우연히 차지하게 된 잠시 동안의 휴식에 불과하다. 이제 곧 고통과의 투쟁과 맞서야 한다. 그리고 그 고통을 벗어날 때까지는 끝없는 함정이 기다리고 있으므로 지속적인 도전이 필요하다.

인생이란 휴전 없는 고통과의 끝없는 전쟁의 계속이며 행복이나 만족을 느끼는 시간은 극히 순식간에 불과하다. 따라서 우리는 늘 고통과 맞설 무기를 든 채 끝내는 죽어간다는 결론에 이른다.

## 시간의 그림자는 누구에게나 똑같다

인간은 이렇게 한없이 시간에 쫓기며 숨돌릴 사이도 없이 산다. 시간은 마치 교도소의 간수처럼 몽둥이를 들고 우리의 등뒤에 서 있다. 시간은 바빠서 쩔쩔 매는 사람이나 시간이 남아돌아서 지겨운 사람에게나 똑같은 고통을 안겨주고 있다.

# 하고 싶은 일이 없다면 살아야 할 이유도 없다

인간의 육체는 압력이 없어지면 파열된다. 그와 똑같이 인간의 정신도 고뇌라는 압력이 없어지면 파괴된다. 배가 항해하려면 압력을 가하는 물체가 필요한 것처럼 인간에게도 육체나 정신에 고뇌라는 압력이 반드시 필요한 법이다.

따라서 인간에게는 노동과 가난과 정신적 가책이나 고뇌 같은 가압 장치들이 함께 따라다녀야 한다. 그렇다면 우리가 그토록 벗어버리고 싶은 것들은 사실상 운명처럼 짊어져야 살 수 있다는 결론을 얻을 수가 있다.

만일 우리가 원하는 것마다 만족하고 소원마다 성취되어 땀흘려야 할 일도 없다면 도대체 뭘 하고 살아야 한단 말인가.

그저 밥만 먹고 하늘만 보면서 그 오랜 세월을 뭘 하면서 산단 말인가. 시간도 원 없이 많고 돈도 원 없이 많고, 살고 싶은 큰 집을 골라서 살고, 사랑하는 사람은 눈 한번 윙크하면 애인이 될 수가 있고, 회사의 사장도 원하기만 하면 될 수가 있고, 여행은 마음대로 할 수가 있고, 그래서 더 이상 갖고 싶고, 하고 싶고, 되고 싶은 것이 없다면 어떻게 살 것인가.

그렇다면 인간은 권태로 죽음의 파멸을 스스로 초래하거나 아니면 전쟁과 재난 등 더 큰 고뇌를 스스로 만들 것이다. 이제 우리들에게는 한 가지 결론이 나왔다. 인간에게는 반드시 개인적, 사회적인 고뇌가 반드시 필요하다는 것, 그리고 우리는 그 고뇌를 고통으로 받아들이지 말고 기꺼이 기쁘게 받아들여 즐기자는 것이다.

## 인간은 모두 삶과 죽음을 선고받은 죄수이다

우리들의 유년 시절을 생각해보면 극장 생각이 난다. 어린이는 자기 앞에 전개될 인생이라는 연극을 눈앞에 두고 있는 것과 같기 때문이다.

아이들은 연극이 재미있을 것이라는 기대에 차 있다. 하지만 연극이 재미있을지 없을지, 웃게 될지 울게 될지, 무서워하게 될지는 예측이 전혀 불가능하다.

어린이 앞에 전개될 운명 역시 그와 같다. 그 인생이 행복할 것인지 불행할 것인지는 알 수 없으며 예측은 불가능하다. 하지만 한 가지 중요한 사실은 아이는 이미 태어나면서 죽는 날까지 이 세상에서 살도록 선고받은 죄수이며 그 선고받은 내용을 모른다는 점이다.

우리가 알 수 있는 것은 다만 우리들의 생애라는 것이 끝내는 허망하기 짝이 없다는 점을 자각한다는 점이다. 그런 자각은 세월이 흐르고 나이가 들면서 점차 확실해진다.

우리가 지금까지 살아오면서 그토록 탐닉했던 사랑과 우정과 성공과 명예와 권력이 허망하지 않다고 감히 말할 수 있는 사람이 어디 있는가.

'참으로 모든 것은 허망하구나.'

노인들 치고 그런 말을 안 하는 사람이 없다. 노인뿐만 아니라 젊은이들도 이미 허망과 절망은 알고 있다. 우리가 그처럼 찬란한 금빛 미래와 희망을 갖고 살면서도 삶에 대해 끝내는 절망하고 무엇엔가 심하게 속았다고 느끼는 이유는 무엇인가. 그것은 우리들의 인생이라는 공연 기간이 너무 짧기 때문이다.

그렇다면 삶의 공연 기간을 길게 늘려보자. 만일 누군가가 이 세상에서 2백 년이나 3백 년쯤 산 사람이 있다고 가정해보자. 그 사람은 마치 똑같은 연극을 두 번 세 번 보는 관객처럼, 자기 아들과 손자와 그 다음 세대들의 삶을 싫증나게 바라보는 미친 구경꾼이라는 생각이 들게 될 것이다.

그것은 우리들 인생이라는 것이 결국은 입장료를 내고 딱 한 번밖에 볼 수 없는 연극처럼 속아도 한 번 속는 것으로 족하고, 신기하고 놀라고 기쁘고 슬퍼도 한 번으로 족한 것, 후회도 한 번으로 족한 것이어야 한다는 것이다. 즉, 인생은 딱 한 번만 살아야 가치가 있다는 것을 깨닫게 해줄 뿐이다.

## 생식 행위가 없다면 인류는 존속할 수 없다

저 광대 무변의 우주 공간에 떠 있는 거대한 별들을 바라보면 저 별들은 우리 인간의 불행하고 비극적인 이야기들만 연출되는 무대를 비출 뿐이며, 이 세상은 우리들이 아무리 행복한 낙원이라고 여기고 싶어도 그것은 잠시일 뿐, 결국은 절망과 권태뿐이라는 생각을 포기할 수 없게 만든다.

그렇게 우리들의 삶은 부정적이다. 그렇다면 잠시 이렇게 생각해보자. 사람들이 계속 태어나는 것은 인간의 생식 행위의 결과이다. 섹스가 없다면 사람들은 계속 태어날 수가 없다.

그런데 인간의 그와 같은 생식 행위가 본능적인 욕망이나 쾌락에 의한 것이 아니라 오직 인간의 번식을 위한 필요성만으로 강조된다면 세상엔 어떤 결과가 빚어질까? 그러고도 인류의 존속이 가능할지 의문이다.

사람들이 새로 태어나는 아기들을 기뻐하고 그들에게 축복과 영광은커녕 불행과 저주와 증오를 준다면 이 세상은 지옥과 다름없고, 인간은 망령이나 귀신에 불과할 것이다.

내가 이런 식으로 얘기를 계속하면 인간이 창조주 하느님의 축복과 영광안에 태어났다고 가르치는 교회는 나를 미워하고 저

주하려 들 것이다.

그렇다면 제발 모든 철학적 가설이나 문학적 상상력이나 학문적 이론을 억지로 자기들 교리에 적용시키려 들지 말기를 바란다. 철학자나 작가가 교회주의자들의 비위에 맞는 말이나 해주고 자기들의 주문에 맞는 논리를 발표해 주기를 바라는 거지 근성을 나에게마저 적용하려 해서는 안 된다. 왜냐하면 철학자는 기존의 학설을 끝없이 의심하고 뒤집는 재미가 없으면 할 일이 없기 때문이다.

## 죽음은 삶에 대한 죗값인가

하느님이 아담과 하와에게 선악과를 따먹게 하고 죄의식을 통해 인간을 통제하고 구세주가 몸소 속죄할 때까지 자신이 인간들 곁에 머물러 있겠다고 한 것은 훌륭한 가르침이다.

또한 속죄에 의해 인간이 무명을 극복하고 열반을 얻을 수 있다고 한 석가의 가르침은 일종의 숙명론과 도덕론으로 해석되긴 하지만 대자연을 보면 큰 진리이기도 하다.

그리스인들이 이 세상과 신들이 일종의 불가사의한 필요에 의해 생겼다고 보는 것도 긍정적이다. 페르시아인들처럼 세상을 선신과 악신의 싸움으로 보는 견해도 좋고, 야훼가 세상을 이처럼 비참하게 만들어 놓았지만 만사가 이루어진다는 독단적 유대교에 대해서도 할 말은 없다. 그런 점에서 보면 모든 종교 가운데 유대교처럼 치졸한 종교는 없다. 유대교는 불멸에 대해서도 아무 의견이 없는 유일한 종교이기도 하다.

철학자 라이프니츠는 이 세상이 가장 이상적으로 이루어졌다고 말했지만, 창조주가 세상을 이 정도로 만들어 놓고 만족했다면 이보다 더 좋은 세상도 창조될 수 있었다는 얘기가 된다.

하지만 우리가 창조주에게 할 수 있는 것은 왜 이 세상을 고뇌에 가득 찬 세상으로 만들어 놓았느냐고 항의하는 것이다. 그것은 인간을 열악하고 불안전하게 만들어 놓았다는 것만으로도 충분히 그럴 가치가 있다.

하지만 우리 인간은 마치 방탕한 아들처럼 본래 악에 물든 세상에 태어나서 불행하고 비참하게 살다가 끝내는 죽어야 한다. 그리고 그 이유는 삶의 죗값이라는 데 있다. 우리는 그 점을 인정해야만 살 수가 있다.

성서의 원죄에 관한 부분은 우화 형식을 빌리고 있지만 내가 보기에는 구약성서만이 유일한 형이상학적인 진리이다. 인간의 존재는 결국 사악한 욕망의 결과로 봐야 하기 때문이다.

그래서 우리 인생에 나침반을 만들어 갈 길을 정하고 속지 않고 살려면 이 세상은 속죄의 터전이며 형벌의 식민지가 되어야 한다.

따라서 예전의 고매한 철학자들이나 종교 지도자들도 그런 관점에서 세상을 보았다. 예컨대 인도의 힌두교나 불교도 그렇고 그리스의 철학자 엠페도클레스나 피타고라스도 그런 견해가 옳다고 했으며 순수 그리스도교도 인간의 존재는 타락의 결과로 보고 있다. 그래야만 사람들은 세상의 모든 고뇌 자체를 숙명적으로 끌어안고 살 수 있기 때문이다.

우리가 세상을 고뇌와 타락의 텃밭으로 보지 않는다면 우리는 한시도 이 땅에서 살 수가 없다. 살 수가 없다는 것은 죽어야 한다는 뜻이다. 그래서 아주 착한 사람들이나 뛰어난 천재들은 마치 자신이 죄 없이 형장에 끌려와서 악질적인 교도관들의 학대를 받고 있는 정치범처럼 느끼고 살면서 자신들을 세상으로부터 고립시키려 든다.

내 말대로라면 세상은 이미 죄의 텃밭이다. 그리고 인간이 지적으로나 도덕적으로 가련한 존재라는 것은 그리 놀랄 일이 아니다. 세상이란 본래 그런 것이라고 생각해야 우리는 세상에 대해서 좀더 관대해질 수가 있다. 그렇지 않다면 우리는 무엇을 기대한단 말인가.

그래서 나는 한 가지 제안을 하고 싶다. 우리가 상대방을 부를 때 아무개 씨라고 부르지 말고 그 대신 '고뇌하는 나의 벗'이라고 서로 불러주자.

고뇌하는 그대여! 처음에는 습관이 안 되어서 좀 어색하겠지만 나중에는 서로 참아주고 위로하는 말이 되지 않을까 싶다. 실제로 우리는 그런 덕성을 갖지 않고는 살아가기가 힘들다.

## 잘 살기는 바라지도 않아
## 그저 아프지 않기만 바라는 거야

우리는 생애의 초반이나 전반부에는 누구나 그렇듯이 행복에 대한 큰 갈망과 희망과 포부에 가득 차 있다. 그러나 생애의 후반부에 접어들면 다소 사람마다 차이가 있겠지만 우리가 그처럼 갈망하던 사랑이나 행복이나 야망이 한낱 망상의 산물에 불과하다는 것을 깨닫는다.

생의 후반부에서도 아직 그것을 깨닫지 못했다면 그는 여전히 생의 전반부에 살고 있거나 아니면 바보이다. 따라서 지혜로운 사람은 강렬한 쾌락보다는 다만 고통이 없기를 바랄 뿐이며, 우리가 흔히 주위에서 보아온 재난이나 불행을 피할 수만 있다면 다행이라는 생각을 하게 된다.

'잘 살기는 바라지도 않아, 아프지 않고 살 수만 있으면 좋겠어.'

당신의 입에서 그런 말이 나왔다면 당신은 이미 생의 후반부에 살고 있는 셈이다. 나 역시 젊은 시절에는 문을 두드리는 소리가 들리면 '야, 뭔가 좋은 수가 있나 보다' 하고 반가워했지만 나이가 들고, 인생을 겪고 난 후에 문 두드리는 소리를 들으면 '혹시 불길한 일이 생긴 것은 아니겠지?' 하고 중얼거리곤 했다.

## 공원 벤치의 거지 노인이 자기 자신이라는 사실을 잊지 말자

늙은이가 되면서 나는 점차 일에 의욕을 잃었고, 정열도 욕구도 줄어들었으며, 전에는 그처럼 탐나던 것들도 더 이상 나를 유혹하지 않았다. 게다가 감각도 둔해지고 건망증이 심해졌으며 상상력도 사라지고 환상은 퇴색하고 강렬하게 느껴졌던 인상도 자취를 감추게 되었다.

해는 왜 그리 빨리 지는지. 누가 시계의 태엽을 빨리 돌아가도록 감아놓은 것 같이 세월이 빨랐다. 모든 일들은 그것을 내가 꼭 해야 할 이유가 없었고, 무의미해 보였다. 한 마디로 나는 과거 속에 퇴락해 버린 늙은 거지가 되어 혼자 걷거나 벤치에 드러누워 있었다.

이제 가슴에 남은 것은 깊은 절망과 외로움과 회한뿐이다. 앞으로 세상에서 내가 해야 할 일은 죽음밖에 또 무엇이 있단 말인가. 내가 그 동안 그토록 회의하고 믿지 않았던 죽음의 그림자가 여지없이 다가오고 있다.

그게 바로 나만의 운명인가? 당신의 운명은 아닌가? 정말 이것이 인생이라면 삶은 내게 재앙일 뿐이다. 나는 누가 다시 내게 삶을 준다고 해도 사양할 것이다.

## 내가 태어난 것은 고뇌의 노예가 되기 위해서였다

우리들 육체의 생리적인 현상은 물리학적으로는 유예된 죽음이라고 말할 수 있다. 또 우리들의 정신 활동은 밤마다 파도처럼 밀려오는 권태를 물리치는 작업에 지나지 않는다. 결국 육체나 정신이나 죽음에게 승리를 안겨줄 뿐이다. 삶의 주인은 결국 죽음이다. 따라서 삶은 죽음이 우리를 삼켜버리기 전에 갖고 노는 장난감에 불과한 순간이다.

우리는 늘 삶에 비상한 관심을 갖고, 의지와 욕구를 불어넣고 투지를 불태우지만 그것은 마치 아이들이 비누 방울을 갖고 노는 것과 같다. 비누 방울이 끝내는 터질 줄 뻔히 알면서도 숨을 불어넣어 크게 만들어 오래 가도록 애쓰는 것처럼.

여기서 나는 철학자 볼테르가 한 말을 인용하겠다.

"행복은 꿈에 지나지 않고 고통만이 늘 내 곁에 붙어 있다. 나는 이 사실을 80평생을 경험해서 알고 있으므로 지금은 거의 체념한 상태이다. 지금 나는 혼잣말처럼 이렇게 중얼거린다. '파리가 태어난 것은 거미에게 잡혀 먹히기 위해서인 것처럼 내가 태어난 것은 고뇌의 노예가 되기 위해서였다.'"

## 슬픔의 눈물을 흘려본 사람이 기쁨의 눈물도 흘릴 수 있다

인간은 고통을 느끼지만, 고통이 없다는 것은 느끼지 못한다. 또 걱정은 하지만 걱정이 없다는 것은 못 느낀다. 두려움은 느끼지만 안전은 못 느끼며, 갈증이나 욕망이나 희망은 느끼지만 그것을 손에 쥐게 되면 금세 흥미를 잃는다.

심한 갈증으로 허겁지겁 물을 마신 후에 남은 물은 버리는 것처럼 욕망도 충족되면 손에서 놓는다. 인생에서 중요한 세 가지 선이라고 할 수 있는 건강과 젊음과 자유조차도 그것을 누리고 있는 동안에는 전혀 느낄 수 없다.

아프지 않은데 병원에 가는 사람이 어디 있으며 젊음은 너무 당연한 얘기고, 자유로울 때는 자유 그 자체가 없다. 그러나 경범죄로 파출소 철창에 들어가는 순간 자유가 얼마나 소중한가를 즉시 느끼게 된다.

인간은 행복할 때는 자신이 행복하다는 것을 느끼지 못하지만 불행해져야 그때가 행복했다는 것을 깨닫는다. 그렇다면 내게 현재의 행복이란 없고, 행복은 과거의 기억으로만 존재한다는 얘기다.

향락과 쾌락에 대한 실감도 그것이 강할수록 감퇴되며 습관이 되면 없는 것과 똑같아진다. 그러다가 쾌락의 습관조차 끝나면 괴로움만 남게 된다. 권태는 시간을 느리게 만들고, 쾌락은 시간 관념조차 없애버린다.

그렇다면 우리는 이런 결론에 도달할 수가 있다.

물이 나를 살리고 있다는 것을 깨닫기 위해서는 극단의 갈증이 필요한 것처럼 고통스러운 병고는 건강의 중요성을 깨닫게 해주고, 늙었다는 것은 젊음의 소중함을 일깨워 주고 극단의 구속은 자유의 소중함을 알려준다는 것이다.

그렇다면 우리가 지금까지 그토록 싫어하고 피해왔던 불행들이란 행복을 느끼기 위해 반드시 필요한 필수 조건이라는 것이다. 죽음 직전에 살아나야만 삶의 기쁨을 가장 크게 맛볼 수 있다면 우리는 모든 불행과 고통을 어찌 마다할 수가 있겠는가.

## 세상이라는 무대에는 어떤 배우가 나오는가

낙천주의자들은 세상을 아름답다고 말한다. 나는 시인들이 세상을 얼마나 아름답게 묘사하고 있는지 알고 있다. "눈을 들어 하늘을 보라. 얼마나 눈부신 햇살이 우리를 비추고 있는가. 저 멀리 산과 계곡과 강과 숲이며 꽃과 나무와 짐승들은 하느님이 만들어 놓으셨다. 얼마나 아름다운가!"

시인의 말대로라면 이 세상은 마치 마법사의 초롱불에 비친 무대 같이 보인다. 그렇게 보이는 것도 사실이다. 세상은 얼마나 조화와 균형 속에 이루어져 있는가.

별들은 충돌하지 않고 운행하고 있고, 바다와 육지는 섞이지 않고 분명한 경계를 지키고 있으며, 지상의 자연과 사물들은 영원히 사라지지 않으며, 열과 얼음으로 파괴되지 않고, 제때 꽃이 피고 결실을 맺고 있다. 이 지구는 우주와 함께 영원히 붕괴되지 않을 것이라고 낙천주의자들은 말하고 있다.

적어도 성실한 배우라면 낙천가들이 말하는 바로 그 무대 위에 서 있어야 할 이유가 없다는 것을 깨닫게 될 것이다.

# 사람은 동물이지만 짐승은 아니다

인간의 행복과 불행은 매우 복잡한 형태로 나타나고 있는 것 같지만 근본적으로는 아주 단순하다. 그것은 육체적으로만 볼 때 쾌적하면 행복한 것이고 고통스러우면 불행하다고 말할 수 있다.

즉 사람은 맛있는 음식을 먹고, 추위와 더위를 잘 피하고 있고, 성적인 만족을 누리면 행복한 것이고, 배고프고 춥고 욕구불만에 차 있으면 불행하다는 뜻이다. 그런 쪽으로만 보면 인간은 짐승과 조금도 다를 바가 없다.

단지 짐승과 다른 점은 신경 계통이 고도로 발달되어 있고, 쾌락이나 고통에 대한 감수성이 예민하고 짐승에 비해 성욕이 훨씬 강하다는 것뿐, 건강과 의식주에서는 별 차이가 없다.

인간의 성욕은 다른 짐승들에게서는 찾아볼 수 없는 특수한 선택에 의해 이루어지며, 그 선택은 짐승과는 다른 복잡하고 극렬한 심리적 절차를 거친다.

또한 인간은 짐승과 달리 과거와 미래가 기억력과 상상력에 매달려 감정의 동요가 클 뿐만 아니라 불안이나 공포라든가 희망이나 고통이 실제보다 더 큰 영향을 미친다. 짐승들에게는 과

거의 회상이나 앞날에 대한 상상력이 없기 때문에 위기 상황에서는 우리가 부러울 정도로 침착할 수 있다.

인간은 미칠 듯한 환희에 빠지거나 극도의 절망에 빠져 자살까지 감행하지만 짐승에게는 그런 식의 극단적인 감정은 없다. 더구나 짐승에게는 권태가 없고 죽음이라는 의식도 없다.

짐승들은 본능적으로 죽음을 피하려고 할 뿐, 죽음이 무엇인지 모른다. 인간은 짐승에게 없는 죽음에 대한 인식 때문에 더 고통을 겪고 있는지도 모른다.

여러 의미에서 식물은 크게 만족한 삶을 살고 있고, 짐승은 인간보다 훨씬 단순한 삶에 만족하며 살고 있고, 인간 중에도 지적 수준이 낮을수록 삶에 대한 만족도가 크다.

짐승이 인간에 비해 고통이 적고 기쁨이 많은 이유는 근심 걱정에서 오는 고통을 모르며, 희망을 갖고 있지 않으며, 즐거운 미래를 상상하지 않으며, 축복의 환상에도 사로잡히지 않기 때문이다.

이 세상의 존재의 무대에서는 인간적인 기준으로 볼 때 인간보다 짐승의 삶이 훨씬 행복하다고 할 수 있다. 그렇다면 사람들은 더 행복하기 위해서 짐승의 삶을 선택해야 할 것인가?

제9장

# 절망과 허무

## 우리는 늘 희망에 속아서 죽음과 씨름을 해왔다

이 세상은 잠시도 그치지 않고 끝없이 변화의 급류 속에 휘말려 있다. 세상은 동물처럼 꿈틀거리며 움직이면서 변하지 않으면 존재할 수가 없다. 그래서 철학자 플라톤은 행복을 "끝없이 변하는 흐름 속에 잠시도 머물러 있을 수 없는 것"이라고 말했다. 행복은 머물러 있으면 이미 행복이 아니다.

사람들은 행복을 "머물러 있게 하고 싶은 순간이 좀더 지속되기를 바라는 바로 그 상태"라고 말하기도 한다. 연인과 마주 앉아 있으면서 좀더 오래 있기를 바라는 바로 그 마음의 상황이 행복이다. 머물러 있기 바라는 이유는 그 자체의 영속성을 부인하는 관념에서 나온다.

사람은 누구나 행복을 찾아 헤매지만 참으로 행복이라는 파랑새는 보이지 않고 혹시 보였다 해도 잠시 머무를 뿐이다. 그리고 그 잠시 동안 머물렀던 행복은 미래 시점에서 보면 착각에 불과하다는 것을 깨닫게 된다. 따라서 행복의 배나 불행의 배나 귀항할 때는 모두 부서진 배가 되어 돌아온다.

## 식욕과 성욕과 권태의 드라마가 계속된다

사람을 자세히 살펴보면 아무리 야단법석을 피우며 살지만 결국은 식욕과 성욕의 만족이라는 두 종류의 간단한 원동력과 권태라는 동력만을 갖고 있을 뿐이다. 사람은 이 세 가지 기능만으로 생존이라는 실로 화려한 드라마를 조작하고 있다. 그런 생각을 하면 우리는 놀라지 않을 수가 없다.

좀더 자세히 살펴보자. 무기물은 화학적 반응에 의해 시시각각 변하고 있고, 유기물은 물질의 신진 대사로 유지되고 있다. 그러므로 신진 대사가 공급하는 유기질인 인간 안에서는 늘 욕구불만의 고뇌가 작동되는데, 이것이 존재에 이르는 길은 오직 살려고 하는 의지의 표현이다.

대다수의 사람들은 세월이 흘러 생애의 마지막 부분에 가서는 '내일은 좀더 나아지겠지, 아니면 내년에는 뭔가 재미있는 일이 터지겠지' 하는 기대속에 살다가 별 소득 없이 세월을 다 보냈다는 것을 뒤늦게 인식하고 후회하면서도 그것이 자신의 생존 자체였다는 사실을 깨닫고 새삼 환멸과 비애를 느낀다. 인간은 늘 희망에 속아서 죽음과 씨름하는 것이다.

## 그토록 허무한 존재가 살려는 의지는 왜 강한가

살려는 의지의 가장 확실한 존재인 인간이라는 유기체를 보자. 우리 몸의 체내 기관과 세포는 얼마나 복잡하고 정교한 기계인가! 정말 놀라지 않을 수 없다. 그런데 그 모든 기관들이 살려고 하는 의지의 완벽한 부속품으로 존재하고 있다가 그처럼 허망하게 흙으로 돌아가고 그 모든 본능과 노력조차 무력하게 좌절되는 것을 보라.

그것은 인간 의지의 모든 노력이 공허하다는 것을 보여준다. 그 같은 허무한 심정은 독일의 시인 괴테의 시에도 나온다.

"옛 성루에는 영웅의 망령만이 우뚝 솟아 있도다."

인간에게 죽음이라는 허무가 존재하는 것은 인간이라는 그 자체가 하나의 현상이라는 뜻이다. 현상이라는 것은 참된 실재가 아니라 그림자, 혹은 환각 그 자체라는 뜻이다. 우리가 실재적 존재 그 자체라면 결코 그렇게 허무하게 소멸될 리가 없다.

내가 인간의 삶을 착각의 파편으로 계속해서 보는 이유는 모든 존재가 끝내는 파멸되기 때문이다. 그처럼 결국은 파멸의 무로 돌아가는 존재가 왜 그토록 살려는 강한 의지를 보이는 것인지 불가사의한 일이다. 시인 바이런은 삶의 허무를 착각에 비유한 시를 썼다.

"드디어 그는 깨닫게 되리라.
비애의 노새가 손을 잡고 그를 죽음으로 인도했음을
그리고 오랜 괴로움을 겪어온 생애가
결론은 미궁에 빠져 있었음을!"

이 시는 나의 세계관과 일치하고 있다. 인간은 인간이 되었다는 자체가 이미 미궁에 빠져 있음을 뜻한다. 그렇다. 그렇다면 여기서 우리는 하나의 결론에 이를 수 있다.

우리는 자신의 죽음을 아주 당연히 그리고 기꺼이 받아들여야 한다. 울거나 두려워해서는 안 된다. 왜냐하면 그것이 진리이고 죽음이란 내가 태어나기 이전의 바로 나 자신이었기 때문이다.

제10장

# 죽음의 행복

# 우리가 죽음으로 무엇을 잃었단 말인가?

삶과 죽음은 둘이 서로 의지하여 삶이 죽음이 되고 죽음이 삶의 조건이 되어 인간의 생애에 양극을 이루며 공존해왔다. 그렇다면 우리는 죽음을 어떻게 볼 것인가. 복잡하게 생각할 것 없다. 아주 쉽게 생물학적 정의를 내려보자 .

나는 본래 이 세상에 없었던 존재였다. 각자 자기가 태어난 날짜를 헤아려 보면 생일 그 이전에 나는 이 세상에 없었다는 것을 확신할 수 있다. 우리는 이 세상에 없었던 상태를 죽음이라고 말하지 않는다. 그러나 태어나면서 나는 죽음을 비로소 앞두게 되었다.

따라서 죽음이란 삶을 전제로 해서 존재한다는 명백한 진리가 성립된다. 나는 남녀간의 사랑이 인류의 종족 유지를 위해 꼭 필요한 본능이라고 말했다.

따라서 인간은 사랑과 쾌락의 생식 행위로 인해서 태어난 결과물이다. 바로 그 생식 행위의 결과 나는 하나의 존재로서 매듭이 만들어졌고, 그리고 그 매듭은 훗날 죽음이라는 커다란 환멸에 의해 풀리면서 원래의 상태로 돌아간다.

삶은 끝내 죽음을 통해 원래의 상태로 돌아간다. 위대한 생명이 한낱 죽음의 소멸로 끝나고 말다니, 참으로 허망하다. 그런 뜻으로 보면 삶은 별 의미가 없고 인간은 참으로 불쌍한 존재에 불과하다. 하지만 불쌍할 이유도 없다.

우리는 본래 없었던 것인데 잠시 존재하다가 다시 없는 상태로 돌아가는 것이기 때문에 사실상 잃는 것이 없다. 생각해보라. 우리가 죽음으로 무엇을 잃었단 말인가.

## 인간이 영원히 산다면 지금의 생태 조건으로는 삶이 불가능하다

죽음은 잃는 것이 아니라 본래대로 되돌려지는 것이다. 우린 손해난 것이 없다. 빈손으로 태어났다가 빈손으로 가는데 무슨 손해가 났단 말인가. 우리 삶에 한 가지 가치가 있다면 그것은 우리들의 개개인의 삶이 이 세상이라는 무대에서 인류의 계속적인 존속에 기여하고 있다는 점일 것이다.

인류 존속은 한 개인의 죽음에 좌우되지 않는다. 계속해서 존속하기 때문에 인류는 이 지상의 수많은 다른 생물들의 지배를 받지 않고 패권을 누릴 수가 있는 것이다.

만일 인간이 죽음 없이 영원히 산다고 가정할 경우, 지금의 생태나 지능으로는 영원한 삶이 불가능하다.

아마 지금의 상태로 인간에게 영원한 삶이 보장된다면 대부분의 인간은 이 같은 단조로운 삶에 염증을 느끼고 죽음을 선택할지도 모른다.

인간이 지금 같은 생존의 조건조차도 견디지 못하고 스스로 목숨을 끊은 사람들이 얼마나 많은가. 하물며 인간에게 영원한 생명이 주어진다면 대부분의 인간은 스스로 파멸의 길을 걷게 될 것이다.

따라서 우리는 영원히 살기 위해서는 영원히 살 수 있는 조건을 새롭게 갖추지 않으면 안 된다. 죽음이 없는 세상에서 살 수 있는 조건, 지금과는 아주 다른 성격과 구조를 갖추어야만 된다는 뜻이다.

그런 점에서 보면 우리들의 죽음은 도덕적 당위성과 필연성을 지니고 있다. 우리는 앞으로 죽어야 한다는 전제 조건아래 살아야만 그나마도 이 세상에서 살 수가 있다.

여기에 우리는 죽음의 당위성을 찾을 수 있고, 죽음은 우리들에게 가장 필요한 생존의 조건이라는 것을 알 수 있다.

## 지구상의 모든 물질은 그 질과 양이 영원하다

우리는 오직 죽음을 통해서만 영원한 안식을 추구하게 된다. 흔히 우리들의 삶은 일장 춘몽에 비유되고 있다. 한바탕의 꿈이라는 뜻이다. 참으로 덧없다.

하지만 삶이 한 토막의 꿈이라면 삶의 앞과 뒤에 놓인 시간의 길고 긴 밤은 얼마나 무한대에 놓여 있겠는가. 가을이 되면 어떤 곤충들은 겨울잠을 위해 껍질을 준비한다. 또 어떤 곤충은 겨울이 되기 전에 알을 낳고 죽는다.

그 알은 봄이 되면 새로 태어날 또 다른 자신임을 의미한다. 이것은 자연이 가르쳐 주는 불멸의 진리이다. 사람이라고 해서 곤충과 무엇이 다른가. 곤충이 유충을 후대에 남기고 죽는 것처럼 사람도 자식을 낳아 후대를 물리고 죽는 것은 똑같은 이치다. 그게 아니라면 우리는 왜 살아 있는 동안 후손들을 준비하겠는가.

개들을 보자. 개들은 우리 눈앞에서 수없이 죽었다. 그러나 수없이 다시 태어나서 우리 앞에 개라는 불멸의 존재로 남아 있다. 그렇다면 개들의 죽음이 수천 년에 걸쳐 멸망시킨 것은 도대체 무엇인가.

인간이 보는 개의 존재란 결국 죽음의 손에 멸망된 개의 그림자와 형상일 뿐, 개는 현실적으로 분명히 우리의 눈앞에 지금도 살아 있다. 인간의 빈약한 인식 능력은 그 길고 긴 시간 속에서도 개의 그림자와 형상을 인식하고 있을 뿐이다.

그렇다면 이 세상의 물질은 영속되는 것일까? 예를 들어 물을 보기로 하자. 이 세상의 모든 물은 강에서 흐르거나 바다에 있거나 호수나 혹은 샘에 있거나, 결코 없어지지 않고 그 양과 질을 지키며 존재하고 있다.

그릇 속에 있던 물이 증발해서 없어졌다면 수증기로 변해 있는 것이지 이 세상에서 사라진 것이 아니고 줄어든 것도 아니다. 물이 얼음으로 변했다고 해서 혹은 구름으로 그 형태가 바뀌었다고 해서 물이 아니라고 할 수 있는가?

이렇게 어떤 물질이 영원히 존재한다는 사실이 우리에게 아무런 의미가 없다고 어떻게 말할 수 있겠는가?

이제 여기서 우리는 죽음에 관한 결론 하나를 끌어낼 수가 있다. 하느님이 만든 대자연은 그 안에 자신이 품고 있는 인간을 위시한 다른 모든 생물들의 개체적인 죽음에는 아무 관심도 없다는 뜻이다. 그것은 여러 증거를 보면 금방 알 수가 있다.

## 인간의 죽음은 대자연의 사이클일 뿐이다

당신이 무심히 걷는 발밑에는 우연히 밟혀 죽는 수많은 벌레들의 죽음이 있다. 당신의 발길에 따라 벌레들은 생사의 갈림길에 서 있는 것이다. 달팽이들은 그들을 노리는 강적에 노출되어 끝없이 희생되고 있고, 물고기들은 이 순간에도 어부나 더 큰 물고기들에 의해 수없이 잡아먹히고 있다.

늑대에 발견된 산양, 호랑이 앞의 토끼 등 이 세상은 약육 강식과 먹이사슬에 의해 무수한 죽음이 계속되고 있다. 피조물인 유기체는 태어난 이후에는 어떤 방식으로든지 죽음을 피할 수가 없다. 그리고 반드시 죽거나 파괴되도록 되어 있다. 그것이 신의 프로그램이자 대자연의 공식이다.

이렇게 대자연이라는 우주의 어머니는 그 안에서 수많은 삶과 죽음의 사이클이 변해도 눈 하나 꿈쩍하지 않는다. 인간의 죽음에 대한 비극과 통곡도 대자연은 들은 체도 하지 않는다.

그 이유는 무엇인가. 결국 엄청난 동식물의 죽음과 파괴도 그것들이 결국은 자기 품으로 되돌아오는 과정이기 때문이다. 대자연에게는 삶도 죽음도 모두 자기 것이다.

생명이란 이미 언급했던 것처럼 없었던 것이 생겨난 것이고 그것은 결국 대자연의 품으로 되돌려진다. 나뭇잎 하나, 풀잎 하나, 혹은 개미 한 마리도 죽음을 통해 모두 자연으로 되돌려진다. 그 죽음으로 유기질의 양이 줄어드는 것이 아니다.

인간의 죽음도 그와 똑같다. 인간의 죽음이라고 해서 다른 유기체의 죽음과 다를 것이 없다. 이제 결론을 정리하자면 우리들의 죽음은 대자연의 사이클의 이동일 뿐이고, 대자연이 인간의 죽음에 전혀 관심을 갖지 않듯이 우리 인간 역시 죽음에 대해 상심할 필요가 전혀 없다. 왜냐하면 우리 인간도 대자연의 일부분이기 때문이다.

# 향락은 욕망을 달래는 도구에 불과한 것

사람들은 청년기를 인생에서 가장 행복한 시기로 여기고 노년기는 비애의 시기로 보는 경향이 많다. 만일 인생에서 행복을 격동과 감동으로만 본다면 그 말이 맞을지도 모른다. 하지만 청년기에는 바로 그 격동과 감동에 의해 기쁨보다는 고통에 더 많이 시달린다.

그러나 노년기에는 격렬한 감동은 가라앉아 있고, 청년기에 그토록 감격적인 일들도 명상적인 색채를 띠며 다가온다. 그 이유는 노년기에는 인식이 자유롭기 때문이다.

인식 그 자체에는 고통이 없다. 물론 감동이나 감격 그 자체가 인간을 행복하게 하는 것은 아니다. 노년기가 되어 향락을 누릴 수 있는 기회가 적거나 없다고 해서 슬퍼할 필요는 없다.

왜냐하면 향락이나 고통은 같은 성질의 형태인데 향락은 소극적이고 고통은 적극적이라는 차이밖에 없다. 그것을 이해하면 소극적인 향락에 대해 집착할 이유가 없게 된다.

모든 향락은 욕망을 달래는 데 불과한 것이어서 욕망의 소멸과 함께 향락도 사라진다. 그것은 마치 식사 후에는 식욕이 없어지는 것이나, 깊은 잠에서 깨어나면 더 이상 졸음이 오지 않는 이치와 같아서 향락의 기회가 없다고 해서 탄식할 이유는 없는 것이다.

철학자 플라톤이 그의 저서 '공화국' 에서 '늙으면 지금까지 우리를 끝없이 괴롭게 하던 성욕으로부터 자유로워졌다는 것만으로도 행복해질 수가 있다' 고 쓴 것은 당연한 말이다.

젊은 시절 한 때 성욕으로 인한 참을 수 없는 충동과 격정, 무서운 광기 등 저 악마적 사념의 유혹으로부터 벗어나 완전히 이성을 회복할 수 있게 된다는 것은 행복한 일이다.

물론 청년기에는 그런 폭풍 같은 긴장의 시간들이며 우울함이나 비애가 깃들어 있어야 하고 노년기에는 평온하고 쾌활한 기분이 있어야 하는 것은 사실이다.

그 이유는 청년기에는 악마의 지배밑에서 강제 노동을 감수해야 하므로 자유로운 시간이 쉽게 허락되지 않지만, 성욕이 소멸된 후에는 생명의 핵이 소진되고 인간은 껍질만 남은 인형처럼 되어 있기 때문인지도 모른다.

# 잠자듯 맞는 죽음은 최고의 선물이다

구약 성서의 전도서에 '헛되고 헛되고 모든 것이 헛되도다' 라는 말의 참된 의미는 늙어서야 깨달을 수 있다. 호라시시스가 말한 것처럼 '어떤 일에도 경탄하지 않는 경지' 는 늙어서야 도달할 수 있게 된다. 세상이 공허하다는 것, 세상의 아름다움도 허망하다는 확신이 들어야 참된 세계의 의미를 깨달을 수 있다.

늙으면 화려한 대궐에도 바닷가 오두막집에도 어떤 특별한 행복이 있을 것이라는 망상은 더 이상 하지 않는다. 세상에 관해서 크고 작은 것, 귀하고 천한 것 따위가 더 이상 어떤 기준에 의해 평가되지 않는다. 바로 그 점이 노인에게는 마음의 평정을 준다. 노인은 그저 요지경 같은 세상을 지그시 바라다볼 뿐이다.

세상의 어떤 번쩍거리는 장식도 끝내는 빈약한 속을 드러낸다는 것, 아무리 화려한 채색도 그 정체는 같은 법, 세상의 모든 지위나 영화도 공허하다는 것을 그는 이미 경험했다.

사람은 70세가 되어서야 전도서의 첫 구절의 의미를 비로소 이해하게 된다.

판단은 점차 명료해지고, 시간의 흐름은 매우 빨라져서 나중에는 권태조차 막아준다. 노인의 체력은 어떤 이득이나 욕망을 추구해야 할 일이 아니라면 구태여 강해져야 할 이유도 없다. 다만 노년기의 가난은 큰 불행이다. 만일 노년기에 가난이 없고, 건강도 괜찮다면 일생 중에 가장 지내기 편한 시기가 아닌가 싶다.

이 시기에는 안락과 침착이 가장 중요하므로 돈이 더 필요할지도 모르지만 여행이나 학습의 욕구보다는 가르치고 얘기하려는 욕구가 더 커진다.

만일 어떤 사람이 학문이나 우주에 대한 관심이나 예술적 기질과 감수성이 남아 있다면 그것은 큰 행복이다. 그가 가진 취미나 소질은 노년기에 매우 쓸모가 많아진다.

하지만 고령기에 들어가면서 그런 것들도 소위 '메마른 이삭'에 불과해진다. 나이에 따라 모든 의욕이 점차 상실되면서 죽음을 준비하는 것이다.

베다의 우파니샤드 경전에는 인간의 자연적인 수명이 100세라고 되어 있지만 대부분은 그 이전에 병으로 죽게 된다. 따라서 나이 90이 되어 아무 질병도 없이 졸도나 경련도 없이 숨도 헐떡이지 않고 안색이 변하지 않은 채 '잠자는 듯한 죽음'을 맞이하는 일보다 더 큰 선물은 없다.

## 죽는 날이 태어나는 날보다 더 낫다

청년과 노인의 근본적인 차이는 별 의미가 없다. 청년은 짧은 과거와 긴 미래를 갖고 있지만 노인은 긴 과거와 짧은 미래를 갖고 있고, 노인은 이미 청년기를 거쳤고, 청년은 노년기를 앞두고 있다는 차이밖에 없기 때문이다.

그럼 청년과 노인 중에서 어느 쪽이 죽음의 위험에 더 많이 노출되어 있는가. 사람을 일생이라는 사이클을 놓고 볼 때 청년은 지금부터 삶의 고난을 당해야 할 사람이며 노인은 이미 다 겪은 뒤이다. 구약 성서의 전도서에는 '죽는 날은 태어나는 날보다 더 낫다' 라고 써있지만 사람이 오래 살려고 하는 욕망은 매우 잘못된 것이다. 스페인 속담에도 '생명이 길면 재난도 많다' 라는 말이 있다.

사람들은 생애가 참으로 짧다고 으레 말하곤 한다. 하지만 인간의 일생은 본래 길지도 짧지도 않은 것이다. 시간의 길이를 두고 길다거나 짧다고 말하는 것은 상대적인 것이어서 시간 자체는 어떤 대상을 앞에 두고 재는 척도인데 일생을 그 척도로 재서는 안 되기 때문이다. 생애에서 무엇을 이루려는 욕망이 강한 사람은 이루지 못한 한이 커서 인생이 짧다고 말하겠지만 어떤 성취나 성과를 획책하지 않는다면 일생은 너무 길 수도 있다는 얘기다.

# 제11장
# 처세론

## 고통이 없고 기쁨도 없다면 그것이 가장 행복한 상태이다

내가 처세에 관해서 가장 큰 가르침으로 여기는 것은 철학자 아리스토텔레스의 니코마쿠스 윤리학에 나오는 다음과 같은 구절이다.

"현명한 사람이 원하는 것은 쾌락이 아니라 고통이 없는 상태이다. 현명한 사람은 고통이 없기를 바랄 뿐이지 쾌락을 원하지 않는다."

예를 들어 우리 손에 작은 가시가 박혀서 몹시 심한 통증을 느끼고 있다고 해보자. 몸 전체는 건강하지만 그 점은 조금도 달갑게 여기지 않거나 전혀 관심이 없고, 오직 가시에 찔린 통증에만 신경이 쏠려 다른 즐거움이나 기쁨을 도외시하고 만다.

그뿐만 아니다. 우리는 사업이 순조로운 편인데도 어느 한 가지 일이 뜻대로 안 되어 불만이 생기면 다른 일은 염두에 두지도 않는다. 우리가 피해 의식을 느끼고 괴로운 것은 이러한 마음의 작용, 즉 의지에 달려있다. 이렇게 의지의 작용은 적극적이고 직접적이다.

아리스토텔레스의 가르침은 바로 그 점에 착안한 것으로 보인다. 우리는 쾌락과 안일을 목적으로 삼아서는 안 되며 단지 고통이 없는 평온함을 추구해야 한다. 만일 이런 처세 방법이 잘못이라면 우리는 프랑스의 작가 볼테르의 명언 '행복은 한 조각의 꿈이며, 고통만이 실재이다' 라는 말도 거짓이 되고 만다.

우리가 행복하게 산다는 것은 '가능한한 괴롭지 않게, 간신히 견디면서 산다' 는 뜻이다. 인생은 쾌락을 누리기 위해서 사는 것이 아니라 괴로움을 어떻게 잘 견디는가를 수련하기 위해서 산다고 볼 수 있다.

그렇다면 행복도 마땅히 큰 기쁨과 쾌락을 누린 사람의 몫이 아니라 괴로움을 잘 견뎌낸 사람의 몫이 될 수밖에 없다.

만일 우리가 기쁨과 쾌락을 행복의 목표로 삼는다면 우리는 늘 자기 자신에 대한 불만과 이웃에 대한 시기와 질투로 더 큰 고통에 사로잡힐 것이다. 만일 현재 고통도 없고, 권태도 없는 상태라면 당신은 지금 행복한 상태에 있다고 말할 수 있다.

그렇다면 우리는 결국 살아가면서 쾌락과 기쁨을 얻으려고 노력하지 말고 될 수 있는 한 괴로움만 없도록 노력해야 한다. 하지만 대부분의 사람들은 그렇게 하지 못하기 때문에 더욱 불행해지는 것이다.

## 큰 떡갈나무는 폭풍우에 꺾이기 쉽다

현명한 사람들은 쾌락을 추구하지 않기 때문에 절망에 빠지는 일이 없다. 독일의 작가 괴테는 '자기가 가진 것보다 더 좋은 것을 원하는 사람은 눈 뜬 장님과 같다' 고 말했다. 프랑스의 유명한 속담 중에는 '더 좋은 것은 좋은 것의 적이다' 라는 말이 있다.

우리는 삶에서 행복과 쾌락에 대한 기대와 희망이라는 미끼에 걸려 하루하루를 살아가지만 바로 행복이나 만족이나 쾌락의 추구를 단념해야 한다. 큰 불행을 피하는 가장 확실한 방법은 행복을 추구하지 않는 것이기 때문이다.

괴테는 젊었을 때 사귄 친구 멜크로부터 '사람의 삶을 더럽히고 좀먹는 것은 행복을 원하는 천한 욕심 탓이다. 이 욕심을 끊고 탐내지 않는 사람만이 삶을 극복하는 참된 승리자가 될 수 있다' 라는 말을 들었다고 말하고 있다.

따라서 가장 현명한 방법은 쾌락과 부귀영화와 명예나 권력과 출세 등에 대한 욕구를 버리는 길밖에 없다. 모든 불행이 거기서부터 비롯되고 싹트기 때문이다. 무슨 일이나 과욕은 곧 독이다. 이것은 시인 호라시우스의 시를 읽어도 알 수 있다.

내 철학을 잘 이해하면 살아 있는 것보다는 살아 있지 않는 것이 좋다는 것을 누구나 깨달을 것이다. 심오한 철학적 관점에서 보면 인생 자체는 아무 가치가 없으므로 생존 그 자체를 거부하는 것이 가장 큰 지혜이자 깨달음일 수 있다.

철학자 플라톤도 '우리들의 삶에서 열광할 만한 것은 없다' 고 말했지만, 12세기 페르시아의 시인 안바리 조헤리의 시는 이 점을 더욱 잘 표현하고 있다.

그대는 세상을 잃는다 해도 한탄하지 말라
이 세상은 허무의 허무이므로.
그대 만일 세상을 손아귀에 넣어도 기뻐하지 말지어다
이 세상은 허무의 허무이므로.
괴로움도 기쁨도 한낱 이슬처럼 잠시뿐이니
이 세상에서 얻음과 잃음과 선악도 허무의 허무요
없음의 없음이거니.

## 큰 그늘은 작은 그늘을 덮는다

어떤 사람이 세상에서 행복을 얼마나 누리는가를 측정해 보려면 기쁨보다 괴로움이 얼마나 많은가를 따져봐야 한다. 괴로움의 내용이 작은 것일수록 그가 누리는 행복은 크기 때문이다.

어떤 사람이 아주 사소한 일 때문에 괴로워하는 것은 그가 지금 행복을 누리고 있다는 뜻이다. 큰 불행이 닥치면 작은 근심 따위는 거들떠볼 경황도 없다. 큰 그늘은 작은 그늘을 덮어버린다.

# 돈으로는 행복의 집을 잘 지을 수가 없다

큰돈을 벌어서 그 터전 위에 행복의 집을 지으려는 것처럼 어리석은 생각은 없다. 돈이 없을 때는 돈만 있으면 만사가 행복할 것이라고 생각하지만 돈을 토대로 지은 집처럼 쉽게 무너지는 건축물도 없다. 그것이 다른 건축물과 다른 점이다.

젊어서 너무 큰 야망을 설계하는 것은 불행을 요소요소에 매복시키는 일과 다름없다. 야망이 크고 설계가 거창할수록 실패할 확률이 높기 때문이다.

자신이 설계하는 큰 목표를 다 이루는 사람은 극히 드물고, 대부분은 실패하고 실현이 불가능한 경우가 더 많다.

비록 오랜 세월에 걸쳐서 노력하고 천신만고 끝에 계획이 성공했다고 해도 모든 것이 성취될 때에는 그 성취가 이미 쓸모가 없어질 경우가 많고, 또 그때는 모든 열정과 기력이 소모되어서 결국은 남이 그 모든 것을 차지해버릴 수도 있다.

젊음을 바쳐서 재산을 모은 사람들이 그 돈을 한 번도 써보지도 못하고 자식에게 유산으로 남기는 것이 좋은 예다. 그는 자식의 노예로 평생을 산 셈이다.

특히 작가나 예술가들 중에서 노년기에 예술 세계를 확립한 사람들은 그 영광을 누릴 시간이 거의 없다. 왜냐하면 예술이란 시대적 풍조에 따라 변하는 것이므로 한 세대가 지나고 새로운 세대가 되면 자신이 이룬 창작의 결실들은 모두 쓸모가 없어지고 어느덧 새로운 세대의 예술가들이 자신을 앞질러 가는 것을 보게 되기 때문이다.

이렇게 자기 자신과 현실을 토대로 하는 인간의 피나는 노력은 시대와 운명의 거대한 흐름에 휩쓸려 가버리는 것이다. 이 같은 상황을 시인 호라시우스는 이렇게 노래했다.

어찌하여 끊임없는 계획을 세워
연약한 마음의 짐을 만드는 것이냐.

젊음의 입구에서 바라보면 인생은 매우 길게 보이지만 노년의 출구에서 바라보면 인생처럼 짧고 허망한 것도 없다. 이것이 우리가 삶에서 겪는 심한 착각 가운데 하나이다. 이 착각에서 벗어나기 위해서는 선배들의 결론을 예의 주시하고 받아들이는 수밖에 없다.

따라서 현명한 사람들은 이미 젊은 나이에 노년기의 지혜를 예견하고 운명의 가르침을 따르지만 그렇지 않은 사람은 허망한 삶을 다 보낸 후에야 선각자의 말을 깨닫고 가슴을 친다. 우리는 쾌락 대신 지혜를, 행복 대신 깨달음을 추구해야 한다.

## 우리들의 미래는 신의 손안에 있다

공사판의 노동자들은 설계도를 본 적도 없고 보려고도 하지 않는다. 벽돌을 나르는 사람은 벽돌만 나르고 벽돌을 쌓는 사람은 쌓기만 할 뿐이다. 건물이 설계도대로 올라가는지는 오직 감독관만이 알 수 있다.

우리의 인생도 그와 같다. 우리는 살아가면서 내 인생 전체의 설계도를 보면서 살아가지는 않는다. 그저 하루하루 닥치는 일만 하면서 살고 있다. 그러나 자기 삶에 가치와 의미를 부여한 사람은 그 완성을 위해 일생을 설계도대로 살아야 하고, 그러기 위해서는 지식이 필요하다.

대부분의 사람들은 인생의 설계가 있거나 없거나 하루하루를 어떤 원인과 동기에 의해 움직이고 있고, 모든 일을 자기 능력의 범위 내에서만 생각하고 행동하기 때문에 처음 세운 목표를 향해 가지 못하고 안개 속에서 헤매다가 꽤 오랜 시간이 흐른 후에야 지금까지 다른 길로 걸어왔다는 것을 깨닫고 후회한다.

이탈리아에서는 당나귀를 끌고 먼 길을 갈 때 주인이 당나귀의 머리 앞쪽에 풀 한 묶음을 매어둔다. 그러면 당나귀는 눈앞의 풀을 보고 한 걸음만 더 가면 풀을 먹을 수 있을 것이라고 생각하고 계속 발길을 재촉해서 잘 걷는다고 한다. 당나귀에게 희망과 기대로 먼 길을 걷게 하는 수법이지만 그것은 희망의 착각이자 속임수에 불과하다.

그처럼 인간은 내일이라는 희망과 기대속에 일생을 마친다. 우리가 죽음에 이르렀을 때 희망은 이루어졌던가?

미래는 우리들의 희망을 배반할 수 있으며, 지난 과거 역시 확실한 것인지 의심스럽다. 무엇을 위해 살았기에 확실했다고 자부할 수 있는가? 희망의 결과는 보았는가? 그러기 위해서 우리는 현재 아무런 괴로움이 없는 무사한 시간에 대해 감사하기만 하면 된다. 우리에게 가장 가치 있는 삶은 과거에 대한 회한도 아니고 미래에 대한 희망도 아니다. 현재 육체적 고통이나 정신적 괴로움이 없다면 그것으로 행복하다.

과거는 안타깝지만 망각의 손에 맡기고
회한과 괴로움은 곧바로 없애라.
그리고 미래는 신의 손에 맡겨라.

이제 우리는 세네카의 말처럼 '하루는 생애의 한 토막이고, 그 한 토막이 곧 우리들의 생애이다' 라는 말을 새겨들어야 한다.

## 단조롭고 단순함이 행복에 이르는 길이다

우리를 행복하게 하는 것은 아주 작고 사소한 일을 잘하는 데 있다. 사소하고 작은 일이란 무엇인가. 아무도 만나지 않고 혼자 책을 읽거나 음악을 듣거나 명상을 즐기고 혹은 마당을 쓸고 꽃을 바라보는 일 같은 것을 말할 수 있다. 일상의 평범한 일 그 자체를 말한다.

우리는 넓은 곳을 바라보기보다 좁은 시야에 바라볼수록 또 행동 범위가 넓은 것보다 좁을수록 더욱 행복을 누릴 수 있다. 세상을 넓게 보면 욕망이 커진다. 시야와 행동 반경이 넓어질수록 욕구가 더욱 발생하고 욕구가 생기면 그것을 이루려는 걱정과 불안이 증가된다.

사람을 많이 만날수록, 친구가 많을수록, 좋아하는 사람이 많을수록 소망과 욕구의 접촉 범위가 커지면서 불행을 자초할 수 있는 기회와 환경이 커진다. 행복해지기 위해서는 의지와 마음의 동요를 적게 해야 한다.

괴로움은 적극적인 마음에서 비롯되고 행복은 소극적인 마음에서 나온다. 마음의 안정과 고요와 평온함은 야망과 부산스럽고 시끄럽고 바쁜 것으로부터 오는 불행보다 훨씬 낫다. 우리는 성취 뒤에 오는 절망과 허무를 이미 알고 있기 때문에 이런 전제가 가능한 것이다.

작가나 화가나 음악가들이 예술 작품을 창작하면서 행복을 묘사할 때 전원적, 목가적 자연 풍경과 고요함과 아름다움을 그리는 것을 보아도 인간의 행복이 어디서 오는 것인지 잘 알 수 있다.

그들은 행복을 묘사할 때 늘 한적한 시골과 자연풍경과 외로움과 고요함을 찬미하고 있지 않은가. 예술가들은 단조로움과 단순함이 행복의 기본적인 조건이라는 것을 잘 알고 있다. 단순하고 단조로운 삶, 그것만이 행복을 누리는 길이다.

결국 인간의 행복과 불행은 마음먹기에 달렸지만 단순하고 단조로움을 견딜 수 있는 사람은 지적인 생활을 감당할 수 있는 정신적 소양을 갖추어야 한다. 그래야만 권태라는 그늘에서 벗어날 수 있다.

## 향락과 쾌락에는 반드시 위선과 거짓이 깃들어 있다

만일 우리가 자기 자신에게 '세상은 내 마음속에 들어있다'고 말할 수 있다면 그는 행복을 누릴 자격을 갖춘 사람이다. 아리스토텔레스도 '행복은 자기 자신에게 만족하는 사람에게만 있다'고 말한 것은 우리가 늘 명심해야 할 명언이다.

우리가 이 세상에서 확신을 갖고 의지할 수 있는 것은 오직 하나, 자기 자신뿐이다. 다른 사람들과 만나고 접촉하면 할수록 우리들은 손실과 위험과 혐오감을 감수할 각오를 더욱 단단히 해야 한다.

향락과 사치를 누리려고 하는 것은 결국 행복을 멀리하는 길이다. 따라서 이웃과의 교제를 즐기고 향락과 쾌락을 좇는 사람들은 고통과 고뇌에 시달릴 수밖에 없다. 향락과 쾌락에는 반드시 거짓과 위선이 깃들어 있어서 그것에 의해 상처를 받아야 하기 때문이다.

사교 집단은 으레 우리들에게 타협과 양보를 강요할 뿐이다. 많은 사람이 모이는 곳에 자신이 섞이거나 단체나 클럽이나 모임에 가면 개인은 무력해져야 하며 개성은 사라진다. 자신이 자기의 참모습을 찾을 수 있는 것은 오직 고독할 때뿐이며 자유를 만끽할 수 있는 것도 혼자 있을 때뿐이다.

둘이 같이 있을 때조차도 자신은 자유롭지 못하다. 하물며 많은 사람들이 모인 사회 집단 속에서 자아가 어떻게 존재할 수 있는가. 집단에는 개인의 자아가 없고, 그곳에서는 개성이 뚜렷할수록 더욱 무력감을 느끼게 된다.

혼자 있을 때 마음의 그릇이 작은 사람은 자신의 무능과 무가치를 느끼지만 뛰어난 사람들은 자신의 위대성을 더 뚜렷이 느끼게 된다. 따라서 뛰어난 사람들은 고독해지거나 혼자 있을 때 비로소 참된 자기를 깨닫게 된다.

또한 정신적 고독과 함께 육체적인 고독을 동시에 갖추었을 때 비로소 행복도 충만해진다. 정신적인 고독만 있고, 육체적인 고독이 없을 경우에는 늘 자기와는 동떨어진 어중이떠중이들과 만나 자유와 마음의 안정을 빼앗기고 그 대가는 전혀 얻지 못할 뿐이다.

## 고독한 사람만이 행복을 누릴 수 있는 권리가 있다

아무리 사랑하는 연인이나 친구나 부모 형제라도 자기 자신과 마음의 일치를 이룰 수는 없다. 이웃과는 개성과 기질이 달라서 완전한 일치는 더욱 불가능하다. 세상에서 가장 소중한 것은 건강이다.

그 다음으로 중요한 것은 마음의 평화와 정신의 안정이다. 그런 중요한 것을 다른 사람과의 일치를 통해서 얻기는 어렵다. 그것은 오직 고독을 통해서만 얻을 수 있는 보물이다. 우리는 고독해지려면 혼자 있는 시간이 아주 많아야 하고 자기 자신과의 만남과 대화를 즐겨야 한다.

그러기 위해서는 젊은 시절부터 고독을 사랑하고 고독을 감당해낼 수 있는 방법을 계속 단련하지 않으면 안 된다. 그렇게 고독에 단련된 사람만이 행복을 누릴 수 있는 권리를 갖게 된다.

키케로는 '자기 자신 속에 모든 것을 간직할 수 있는 사람만이 행복을 누릴 수 있다'고 말했다. 사실 자기 자신속에 많은 것을 가진 사람은 남에게 기대지 않는다. 자신속에 가진 것이 없는 사람이 남의 것에 기웃거리고 기대는 것이다.

내면적 자아가 공허한 사람일수록 외부에서 끝없는 자극을 구한다. 그는 외부에서 만족을 얻지 못하면 스스로 파멸한다. 우리는 그것을 악기에 비유할 수 있다. 단음을 가진 악기는 교향악단에서 다른 악기들과 함께 연주되어야만 그 역할을 할 수가 있다.

그러나 피아노는 심포니의 한 부분이 아니라 독주를 통해서 나름대로 작은 음악적 세계를 형성할 수 있으며, 교향악단의 주인공이 되어 다른 악기들의 반주를 거느릴 수가 있다.

이것을 보면 다른 목적이 없는 한 사교가 뛰어난 인물은 대체로 지능적으로 열등한 사람으로 일단 평가해도 된다. 그러나 비사교적인 사람들, 특히 남들과 잘 어울리지 못하는 외로운 사람들은 어떤 면에서 뛰어난 능력을 가진 인물로 봐도 좋을 것이다.

프랑스의 저술가 벤나단 디 상피엘은 '음식을 적게 먹으면 건강에 좋고, 사람을 적게 만나면 마음의 평화를 누릴 수 있다'는 의미 깊은 말을 남겼다. 따라서 혼자 있는 시간이 편하고 즐겁다면 당신은 정신의 노다지를 캔 셈이다.

그러나 사람들과 만나기를 피하고 고독을 즐긴다는 것은 쉬운 일이 아니다. 그래서 고독은 뛰어난 인물들에게 찾아오는 운명이라고 말하고 있다.

## 질투는 부도덕과 불행의 가시를 품고 있다

질투는 인간의 자연스러운 본능 가운데 하나지만 부도덕과 불행의 가시를 품고 있다. 그래서 옛부터 질투는 우리들의 행복을 가로막는 적이자 죄악으로 간주되어 왔다.

우리는 가능한한 질투라는 본능을 우리 인격에서 잡초처럼 뿌리뽑아야 한다. 세네카는 '자신의 소유에 만족하고 이를 즐기려면 남들과 비교하지 말라. 자기보다 더 잘 살고 더 많이 가진 자를 부러워하고 배 아파하는 사람은 결코 행복할 수 없다' 고 말하면서 행복하려면 '자기보다 못한 자가 얼마나 많은가를 생각하라' 고 충고했다.

우리는 항상 위보다 아래를 보고 살아야 하며 자기보다 행복하다고 여기는 사람이 보기에만 그런 것인지 아니면 실제로는 불행을 감추고 사는지도 의심해야 한다. 사람이 자신을 위로하는 가장 빠른 방법은 자기보다 불행한 사람을 보는 것이다.

# 후회는 자신을 고문하는 짓이다

'조심해서 말 위에 안장을 얹어놓아라. 그 다음에는 대담하게 말을 몰아라' 라는 말은 괴테의 격언집에 나온다. 남자는 일단 일을 시작하고 최선을 다한 후에 실패를 하면 그 다음은 깨끗이 잊어야 한다. 사람의 일이란 우연과 착오가 늘 곁에 따라다닌다.

우리는 불행한 일을 당하거나 자기가 하는 일이 좌절되면 '이렇게 될 줄 몰랐다' 거나 '그렇게 하지 않았더라면 이 정도까지 되지는 않았을 텐데…' 하고 후회를 한다. 그러나 그런 후회는 스스로 자신을 고문하는 짓이나 마찬가지이다.

그런 경우에는 이스라엘의 다비드 왕을 본받아야 한다. 다비드 왕은 어린 왕자가 병들어 누워있을 때 야훼에게 낫게 해달라고 간절히 기도를 드렸지만 왕자가 죽자 곧 몸을 일으킨 후에 기분을 전환하여 조금도 회한에 잠기는 일이 없었다.

그러나 성격상 좀처럼 체념할 수 없는 사람이라면 자신의 이성에 호소하여 우리들의 인생이란 숙명적으로 피할 수 없는 운명이 있다는 것을 인정해야 한다.

## 갖지 못한 괴로움보다는 상실의 괴로움을 배워라

사람은 자기가 갖지 못한 것을 보면 '저것이 내 것이라면 얼마나 좋을까' 하고 생각하게 된다. 그것이 바로 우리의 '갖지 못한 데서 오는 괴로움', 즉 갖고 싶은 소유욕이다. 그래서 우리는 그 괴로움에서 벗어나기 위해서 '이것이 내 것이 아니라면?' 이라는 의문을 품어볼 필요가 있다.

그러니까 현재 자기가 갖고 있는 소유물을 상실한 것으로 간주해 보라는 뜻이다. 남의 좋은 집을 보고 '나도 저런 집에서 살았으면' 하고 생각하는 것이 아니라 먼저 '내가 이런 집도 없다면 어디서 살았을까. 이런 집에서 사는 것은 정말 고마운 일이다' 라고 상실을 가정해 보라는 것이다. 그 순간 아까 본 멋진 집보다 내가 사는 초라한 집이 소중하게 느껴질 것이다.

다시 말하면 나의 재산, 지금의 건강, 다정한 연인 혹은 친구, 가족 등등 내 주위에서 나를 구성하고 있는 모든 것들에 대한 소유의 가치를 깨닫기 위해서는 그들이 없다면 어땠을까를 먼저 생각해야 한다. 지금의 적은 내 재산이라도 없었다면 나는 어떻게 되었을까.

지금 내가 아파서 누워있다면? 그런 생각을 하면 나는 지금의 나의 건강이 고맙게 느껴질 것이다. 나의 연인, 나의 친구가 없다면? 나의 가족이 없다면?

그것은 상상할 수도 없을 만큼 불행한 일이 아닌가. 그래야만 나는 재산을 낭비하지 않으며 내 건강을 더욱 돌볼게 되고 나의 연인과 친구를 더욱 잘 대해줄 수가 있으며 그들에 대한 노여움을 미리 막을 수 있다.

## 살아 있는 것은 움직인다

아리스토텔레스의 명언 중에 '살아 있는 것은 움직인다'라는 말이 있다. 인간의 육체적인 생명은 끝없이 움직이는 데서 그 명맥이 이어진다.

인간의 정신적인 생명도 끝없는 사유를 요구하고 있다. 동작이 정지되고 생각이 멈추면 인간은 죽는다. 사람이 아무 일이 없을 때 무심코 손가락 마디를 눌러 소리를 내거나 기지개를 켜는 등 동작을 하는 것은 정지 상태에서 오는 권태를 이겨내기 위해서이다.

이처럼 육체적 · 정신적으로 움직이는 행위는 삶의 조건이다. 그리고 인간에게는 지속적인 동작을 통해서 무엇인가를 이루어 내려는 본능이 있다.

만일 어떤 사람에게 하루종일 벽돌을 아무 뜻도 없이 여기서 저기로, 저기서 여기로 옮겨놓거나 땅을 팠다가 메웠다 하라고 하면 그것은 일종의 고문이다. 그것은 그 행위로 성취 욕구가 충족되지 않기 때문이다.

사람에게는 동작, 즉 행위를 통해서 무엇인가 이루려는 성취 욕구가 중요하다. 그 이유는 성취가 우리들에게 행복을 주기 때문이다. 아무리 직장 생활이 괴롭고 힘들어도 일이 성취 욕구를 충족시켜 주기 때문에 우리는 견딜 수 있는 것이다.

사람에게 가장 직접적인 행복을 주는 것은 자기 손으로 무엇인가 완성시키는 일을 하는 것이다. 예를 들면 그림을 그리거나 글을 쓰거나 집을 짓거나 하는 것처럼 성취가 목적이 되어야 한다. 일거리가 없거나 직장이 없는 사람에게 가장 큰 정신적 손실은 돈의 결핍보다 성취 욕구를 만족시킬 수 없다는 데 있다.

## 명상에 잠긴 사람은 행복하다

내가 존경하는 사람은 움직이지 않고 깊은 명상에 잠겨 있는 사람이다. 보통 사람들은 할 일이 없으면 다리를 흔들거나 손으로 책상을 두드리거나 숟가락을 만지작거리거나 지팡이를 쓰다듬거나 한다.

좀처럼 가만히 있지를 못한다. 대부분의 사람들은 생각하는 것보다는 무엇인가를 보고 듣거나 외부의 자극을 받지 않으면 잠시도 견디지 못한다. 그 이유는 자신이 살아 있는 존재라고 느끼려고 하기 때문이다. 담배를 피우는 것도 그 때문이다.

## 인간의 이기심은 애완용 개 발바리를 연상시킨다

사람은 누구나 이기적인 존재이다. 어느 누구의 머리 속에 들어가보아도 자신과 관련된 것 이외에는 거의 관심도 없다. 만일 다른 사람이 관심을 보이는 부분을 잘 따져보면 대부분 그의 이해관계가 얽혀 있다.

사람들은 귀에 들리는 말을 모두 자기 입장에서 생각하며, 우연히 귀에 걸리는 한 마디 말이라도 자기와 관련이 되어 있으면 날카롭게 주의를 집중시킨다. 사람들은 남의 말이 진실하거나 교묘하거나 훌륭하거나 위트와 유머에 넘치거나 전혀 알 바가 아니다.

그러나 조금이라도 자기에게 이롭지 못한 말이나 허영심을 건드리는 말이 들리면 반응이 빠르다. 그런 인간의 모습은 애완용 발바리 개를 연상시킨다. 그 개는 너무 작아서 자칫하면 사람들이 그의 앞발이나 꼬리를 밟는 경우가 많다. 그때는 무섭게 짖어댄다.

세상 사람들도 바로 그와 같이 자기 본위의 뿌리가 상당히 깊다. 만일 어떤 사람이 자기 재능이나 지식을 과시하거나 잘난 체하면 사람들은 대뜸 자신을 무시한다고 해서 겉으로는 드러내지 않아도 속으로 적대감을 갖는다.

그런 인간의 속성을 잘 모르는 사람은 '아니, 도대체 왜 그래?' 하고 의아해 할 뿐이다. 상대방이 자기에게 적대감을 드러냈을 때는 그 이유가 반드시 있다. 그런데 정작 본인만 모르고 있는 셈이다.

결국 그런 사람들은 자신의 의지가 이성보다 강하기 때문에 의지의 지배에서 벗어날 수가 없다. 모든 것이 자기 본위이다. 그 대표적인 예가 점성술사이다. 점성술사는 광대한 우주 공간에 떠있는 지구보다 수천 수만 배나 되는 천체들의 운행을 한낱 보잘 것 없는 개인의 운명과 연관시키고 있다.

그래서 혜성이 나타나면 전쟁이 일어난다거나 당신의 별자리의 이동으로 행운이 온다는 식의 허무맹랑한 말을 떠든다. 이런 점성술을 사람들이 믿으려고 하는 것은 별이 자기와 관련되었다고 생각하려는 이기심 때문이다.

## 절교한 친구하고는 화해하지 말아라

로마의 격언 중에는 '천성은 아무리 쫓아내도 곧바로 되돌아 온다'라는 말이 있다. 인간이 태어날 때 갖고 나온 고유한 성격과 개성은 절대로 바뀌지 않는다.

세 살 버릇이 여든까지 가는 것이 아니라 태어날 때 성격을 무덤까지 갖고 가는 것이다. 인간은 자신의 고유한 본성을 결코 잊지 못하는 법이다. 인간의 행동은 이처럼 내재적인 본능의 지배를 받는 것이므로 똑같은 상황에서 똑같은 행동을 되풀이한다.

따라서 어떤 이유로든 한 번 절교한 친구와 화해하는 것은 잘못이다. 그 친구는 훗날 똑같은 상황에서 똑같은 본능을 되풀이하기 때문이다. 그때 가서 '그럴 줄 몰랐다'고 말하거나 배신자라고 비난해야 소용없다.

한 번 잘못을 저질러 해고한 하인을 불러들이는 것도 잘못이다. 사람은 일단 이해관계가 바뀌면 태도가 달라진다. 따라서 그 사람의 성격이 파악되면 그런 줄 알고 그를 대할 필요가 있다. 그리고 그를 받아들이는 경우에는 그와 헤어졌던 이유와 함께 받아들인다는 것을 명심해야 한다.

광물학자가 광물의 표본자료를 갖고 물질의 특성을 표기해 주는 것처럼 앞으로 우리는 사람을 대할 때 우리가 관계를 맺고 있는 이웃 사람들의 성격적 특성을 마치 광물의 본래 특성처럼 분류해 둘 필요가 있다. 그 이유는 사람의 성격은 변하지 않기 때문이다.

## 모든 전쟁은 강도 행위이다

인류의 역사를 잘 관찰해 보면 통치자나 왕권의 기반이 확고해지고 국가의 군사력이 막강해지면 반드시 이웃 나라를 넘보아 왔다. 그리고 어떤 구실을 붙여서라도 이웃 나라를 공격했다. 그러나 모든 전쟁 행위는 그럴듯한 명분을 내걸고 있지만 근본적으로 이유 여하를 막론하고 강도 행위에 지나지 않는다.

전쟁을 통해 이웃 국가를 정복한 국가는 예외 없이 패전국을 노예처럼 지배해 왔다. 승리한 국가에게 패전국이 배상금을 지불하는 것도 결국은 노동의 대가를 지불하는 것이다. 이것은 고대로부터 유럽의 중세 어느 시기까지 전해 내려온 관례지만 볼테르의 말처럼 '모든 전쟁은 강도의 행위'일 뿐이다. 특히 독일은 그 말에 이의를 제기할 수가 없을 것이다.

## 친구가 불행을 당하면 고소한 기쁨도 누린다

진정한 우정이라는 것이 옛 얘기에 나오는 큰 바다뱀의 전설처럼 실제로 있는 것인지 상상인지 나는 잘 구별할 수가 없다. 어떤 사람들은 자기 목숨을 내줄 만큼 고귀하고 깊은 우정을 나누었으며 지금도 그런 우정을 갖고 있다고 장담하기도 한다. 이런 각박한 세상에서 그런 친구를 둔 사람은 아주 다행이다. 그러나 만일 내가 가장 친하다고 믿고 있는 어느 친구가 내가 없는 자리에서 다른 사람들과 나에 관해서 은밀히 한 말들을 들었다면 아마 나는 그 친구와 얼굴을 마주 대하지 못할 것이다.

그 말은 내가 허물 없는 우정이라고 믿고 있는 친구도 참기 어려운 비난과 모욕적인 말을 나에 관해서 하고 있는 것이다. 물론 그는 '이런 말은 비밀이다' 라는 전제를 반드시 붙인다.

친구의 진실한 우정을 시험해보려면 우리가 최근에 겪고 있는 불행을 하소연하는 것이 가장 좋은 방법이 될 수가 있다. 물론 친구에게 절실한 도움을 요청해야 한다.

예를 들어 파산을 앞두고 있으니 돈을 빌려달라거나 아니면 힘든 일을 대신해서 해달라고 제의할 때 바로 그 순간 친구의 표정을 잘 살펴보아야 한다. 그때 친구가 진실로 동정과 연민의 모습을 보이거나 냉담한 태도로 돌변하거나 관계없이, 이미 그 친구의 가슴 깊은 곳에서는 저 유명한 프랑스의 작가 드 라 로슈푸코가 한 말이 입증될 것이다. '우리는 가장 친한 친구의 불행에 일종의 고소한 기쁨도 함께 느낀다.'

우리를 기쁘게 하는 일 중의 하나는 최근에 겪고 있는 친구의 불행과 슬픔에 관해 듣는 일이다. 이것이 인간이 지닌 특성이자 본성의 하나이다.

경쟁 상대의 이웃 국가가 큰 재난이나 손해를 당했을 경우에 겉으로는 위로를 보내면서도 속으로는 고소한 느낌을 갖는 그런 감정이 개인인 친구 사이에도 분명히 존재하고 있는 것이다.

반대로 친구가 어마어마한 성공을 거두면 함께 기뻐하기보다 마음 한 구석에 야릇한 시기심과 부러움이 싹트는 그 심리가 바로 우정의 뒷면이다.

오래 사귀던 친구의 발걸음이 뜸해지면 우정도 멀어진다. 눈에서 멀어지면 마음도 멀어지면서 우정은 점차 추상적인 관념이 되어 간다. 이어서 둘 사이에는 동정심도 사라진다.

그 상황에서 친구는 서로 우정의 성실함을 내세운다. 그러나 참으로 성실한 것은 친구가 아니라 오히려 적이다. 누군가 당신의 친구가 되었다면 당신에게는 그가 어려운 상황에 처했을 때 손을 내미는 또 하나의 청구서가 추가된 셈이다.

## 재능 있는 사람이 할 일은 평범하게 보이는 일이다

자기 재능을 세상 사람들에게 크게 과시하는 것처럼 어리석은 사람은 없다. 남의 재능을 보면 대다수의 사람들은 칭찬과 격려를 하는 것 같지만 속으로는 시기와 질투심에 사로잡힌다. 특히 똑같은 일로 경쟁 관계에 있는 사람들로부터는 증오나 원한을 사게 된다. 자신의 뛰어난 재능이란 과시하는 순간 공격의 표적이 된다는 사실을 잊어서는 안 된다.

이미 말했지만 인간의 가장 큰 본능은 쾌락과 허영심을 만족시키는 일이다. 이 쾌락과 허영심은 남과 자기를 비교한 우월감에서 나오는 것이어서 함께 어울려 있는 가운데 어느 누가 뛰어난 재능을 가졌다는 것은 다른 많은 사람들에게 정신적 모욕감이나 피해를 주는 일이다. 이 미움과 분노는 어떤 식으로든 보복하려는 의지로 나타난다.

따라서 재능이 뛰어난 사람이 가장 먼저 해야 할 일은 자신의 안전을 위해서 재능을 감추는 위장 가면을 쓰는 일이다. 재능이 뛰어난 사람은 자신이 남들과 똑같이 평범하다는 것을 애써 보여야 한다. 잘난 체하는 사람들이 미움을 받는 것은 그 때문이다.

그러므로 높은 지위에 오르거나 돈이 많은 사람은 남들의 부러움과 존경의 대상이 되지만 재능이 뛰어난 사람이 합당한 존경을 받는 일은 거의 없다. 아마 그런 사람들은 성인 군자들의 사회에 살아야 제대로 존경을 받을 것이다.

사람은 따뜻한 체온을 원한다. 그래서 햇빛이나 난로 곁에 가까이 가려고 한다. 이런 현상은 본능적인 충동과 같아서 사람들은 자기에게 기쁨을 주는 사람과 만나려고 하는 본능이 있다.

그런 사람이란 누군가? 남자는 지능이 좀 모자란 사람이고, 여자는 미모가 떨어지는 사람이다. 뛰어난 미모를 가진 여자는 친구가 없다. 누가 뛰어난 미모를 가진 친구와 어깨를 나란히 하고 가려고 하겠는가.

하지만 못생긴 여자들 곁에는 미인 친구들이 많다. 특히 못생긴 여자가 지위나 신분이 높은 경우에는 더욱 크게 환영을 받는다. 남자 역시 머리가 뛰어난 천재에게는 친구가 모여들지 않는다. 이렇게 남자들은 좀 바보처럼 보여야 하고 여자도 외모가 떨어져야 다른 사람들이 친밀감을 느낀다.

## 남의 잘못을 고치는 일은 거의 불가능한 일이다

남의 생각이나 의견은 반박해서는 안 된다. 남을 불합리한 생각과 허망에서 벗어나게 하려는 것은 비록 구약성서에 나오는 인물처럼 969세까지 살아도 그 목적을 달성할 수 없을 것이다. 또한 남과 얘기할 때는 아무리 호의적으로 말한다 해도 상대방의 잘못을 비난해서는 안 된다.

남의 감정을 사기는 쉽지만 그 잘못을 시정하기는 매우 어렵기 때문이다. 만일 남이 차마 귀로는 들을 수 없고, 전혀 이치에 닿지 않는 말을 하더라도 개입할 필요가 없다. 단지 그가 서투른 연극을 하고 있다는 것을 알고 있으면 된다.

이 세상에서 진리나 교훈을 전하려는 사람이 혹시 자기의 임무를 완수했다면 그것은 행운에 속하지만 대부분의 사람들은 그 과정에서 오해와 푸대접을 받거나 아니면 저항과 학대에 시달릴 수밖에 없다.

그러므로 자신의 의견을 남에게 납득시키려면 열을 올리지 말고 끝까지 진실하고 냉정하게 설득을 해야 한다. 자기 의견을 말하면서 열을 올리면 듣는 사람은 그의 말이 지성에서 나온 판단이라기보다는 관철하려는 의지에서 나온 것이라고 생각하기 때문에 더욱 납득하려고 들지 않을 것이다.

# 실수로 비밀이 드러났을 때

남이 거짓말을 하고 있다는 생각이 들면 그것을 진실로 받아들이는 듯한 태도를 취해 보아라. 그러면 상대방은 더욱 신이 나서 더 큰 거짓말을 떠벌려서 결국은 스스로 가면을 벗어버리게 된다. 그와 반대로 실수로 비밀이 드러났을 경우에는 불신의 태도를 취해 보아라. 그러면 상대방은 마침내 모든 비밀을 털어놓고 말 것이다.

## 비밀을 고백하면 비밀의 노예가 된다

개인적인 비밀은 깊이 숨겨 두어야 한다. 아무리 친한 친구에게도 객관적인 자기 모습만 보여주는 것이 좋다. 주관적인 입장에서는 친구도 역시 남이기 때문이다. 만일 우리가 친한 친구라고 해서 모든 비밀을 말해버리면 나중에 뜻하지 않은 피해를 받을 우려가 있다. 옛부터 과묵함을 처세술의 근본으로 삼은 것은 그 때문이다. 아라비아의 격언을 보면 생활의 지혜가 담겨 있다.

'적에게 알려서 안 될 일은 친구에게도 알리지 말라. 비밀을 지키면 비밀의 주인이 되지만 비밀을 고백하면 비밀의 노예가 된다. 그리고 평화의 열매는 침묵의 나무에서 열리는 법이다.'

## 사랑하지도 말고 미워하지도 말라

어떤 사람의 흉악한 성격의 일면을 파악한 뒤에 그 사실을 잊어버리는 것은 마치 애써 모은 돈을 창 밖에 내던지는 것과 다름없다. 누구나 남의 성격을 파악한 뒤에는 그 사람에 대한 경계의 의미로 기억해두면 터무니없이 남을 믿어서 받는 손해를 피할 수 있다. 사랑하지도 말고 미워하지도 말아라. 이것이 지혜의 절반에 해당된다. 아무 것도 말하지 말고 아무 것도 믿지 말라. 그것이 지혜의 나머지 절반이다. 그러나 이런 명언을 지켜야 하는 이 세상에서 산다는 것은 얼마나 어처구니 없는 일인가.

## 충동은 본능적이지만 신비한 계시가 들어 있다

인간은 각자 믿고 있는 것보다 훨씬 어리석은 존재이기도 하고 훨씬 현명한 존재이기도 하다. 우리들은 가끔씩 '내가 왜 그런 바보 같은 일을 저질렀지?' 하고 후회하기도 하지만 때로는 '내가 생각해도 너무 똑똑하다'는 생각이 들 때가 있다. 이 사실은 우리 삶을 크게 지배하고 있다.

인간의 내면에는 두뇌보다 더 현명한 무엇인가가 숨어있다. 우리는 생애에서 아주 어려운 일을 당하면 자기가 해야 할 일을 정확히 알고 이성적으로 행동하는 것이 아니라 마음속 어딘가에 깊이 숨어있는 충동에 의해서 행동한다는 것을 알 수가 있다.

이 충동은 일종의 본능이지만 우리는 이것이 본래 어디서 유래된 것인지 알 도리가 없다. 우리 내면에는 일종의 신비한 계시가 깃들어 있어서 본능적인 충동을 인도하는 것으로 보인다. 그러므로 위대한 업적을 이룬 사람들을 보면 그는 마치 그 일을 하기 위해 태어난 사람처럼 어려서부터 그 일을 천직으로 알고 마치 꿀벌이 아무 갈등도 없이 묵묵히 벌집을 짓는 것처럼 꾸준히 노력을 기울여 마침내 큰 업적을 이루고 만다.

그 사람에게 어떤 보이지 않는 힘이 작용하지 않았다면 어떻게 그런 위대한 업적을 이룰 수 있단 말인가. 그런 사람들은 훗날 자신의 생애를 회고하면서 '나는 늘 보이지 않는 어떤 운명의 실에 이끌려 왔다'는 말을 한다. 누구나 자기 생애의 행복과 불행은 오직 이 원칙에 의해 결정되는 것이다.

## 기뻐하지도 말고 울지도 말아야 한다

무슨 일에나 지나치게 기뻐해서도 지나치게 슬퍼해서도 안 된다. 세상은 끝없이 변하기 때문에 기쁨이 슬픔이 되기도 하고 슬픔이 뜻밖에 기쁨으로 변할 수 있다. 우리 머리로 인간사의 길흉 화복을 판단할 수는 없다. 바로 그 점을 셰익스피어는 이렇게 말했다.

"나는 이제 쓴맛 단맛을 다 보아서 웬만한 일로는 계집애처럼 질질 짜지 않는다."

불행을 당하고도 침묵하고 냉정해질 수 있는 사람은 자기가 당한 일이 지금까지 당한 재앙 가운데 가장 사소한 것으로 여길 줄 아는 사람이다. 이미 생존이라는 것이 덧없고 허망하다는 것을 터득하고 있는 사람이 불행을 당했다고 울거나 행운에 날뛸 리가 있겠는가.

우리는 동화에 나오는 영악한 여우처럼 교묘한 지혜를 짜내어 모든 불행에서 초연해야 한다. 그러기 위해서는 철저한 자기 수련이 필요하다. 이런 수련은 우리가 변화무쌍한 이 세상에서 사는 데 필수 조건이다. 특히 불행한 일은 마음속에 담아두어서는 안 된다. 그런 것들은 길을 걷다가 발끝에 걸리는 돌처럼 힘껏 차버려야 한다.

# 인기작가의 저속한 책들에 침을 뱉어라

우리는 살면서 어쩔 수 없이 속된 사람들과 만나야 하듯이, 더러운 파리 떼처럼 가는 곳마다 우글거리면서 모든 것을 더럽히는 책들을 만나야 한다. 그런 나쁜 책들은 의외로 우리 주위에 흔하게 널려 있다. 그런 것은 좋은 새싹을 망쳐 버릴 뿐만 아니라 기껏 얻는 것이라고는 문학적인 쭉정이처럼 알맹이도 없다. 그런 책은 삶에 대한 진지한 의문에 소비되어야 할 시간과 돈을 대중으로부터 빼앗아 버린다.

악서는 그저 무익하고 해독만 끼친다. 저급한 문학의 홍수가 무지한 대중의 호주머니에서 돈을 긁어내려는 목적으로 수없이 출판되고 있지 않는가! 그런 작가들을 위해 출판업자는 있는 머리를 다 짜내 독자를 낚아채기에 여념이 없다.

그 뿐만 아니라 그보다 훨씬 해로운 뜨내기 작가들이 여러 가지 속임수를 쓴다. 그들은 많은 책들 중에서 필요한 구절만 표절해서 참된 교양을 원하는 독자들을 기만하고, 그들을 진실한 교양으로부터 멀어지게 만들고 있다.

이 같은 파멸에 이르지 않기 위해서 독자들은 그런 책은 안 사는 것이 현명한 일이다. 대중들의 주의를 끌고 신문의 서평에 오르는 책들 가운데 사실상 읽을 가치가 없는 책들이 대부분이다. 그런 책들에는 침을 뱉어 버리라는 얘기다.

물론 어리석은 독자들을 위해서 글을 쓰는 작가는 많은 독자를 얻고 돈도 번다. 하지만 인간은 시대와 국경을 초월한 불멸의 천재들이 쓴 책들을 읽어야 한다.

악서는 아무리 적게 읽어도 결코 적다고는 말할 수 없고, 양서는 아무리 많이 읽어도 지나친 법이 없다. 악서는 정신에 독이 되고 머리를 둔하게 만든다.

그럼에도 저속한 대중들은 모든 시대를 초월한 양서를 읽지 않고 값싼 저널리즘에 빠져 있는 유행적인 인기 작가의 책을 읽는 데 급급하고 있다.

오늘날의 풋내기 작가들은 숨막힐 듯한 좁은 관념 속에서 매번 똑같은 글쓰기를 되풀이하고 있다. 그런 이유로 우리들이 살고 있는 현대는 저속성에서 좀처럼 벗어나기가 힘든 것이다.

## 세상에는 추악한 존재도 필요하다

비록 천하고 가련하며, 비웃음을 받아 마땅한 사람이라 할지라도 그의 인격을 무시해서는 안 된다. 오히려 모든 사람들의 인격속에 존재하는 영원성이나 불멸성을 찾는 것이 중요하다. 아무리 나쁜 인격자를 만나더라도 '그래, 세상에는 저런 추악한 존재도 필요하지' 라고 생각해야 한다.

만약 우리들이 그런 사람을 적대시하면 우리들은 불의를 저지를 수밖에 없고, 우리들의 일생은 온통 투쟁에 걸어야 한다. 우리는 그런 사람의 개성과 성격, 능력, 기질, 혹은 용모를 뜯어 고쳐 새롭게 만들 수가 없지 않는가?

우리들이 그런 인격을 가진 자들과 싸워서 그들을 바꿀 수 있다면 모르지만 그렇지 않다면 싸워야 할 이유가 없다. 남들과 삶을 함께 살기 위해서는 다양한 인격들과 개성들을 포용하면서 살 수밖에 없다. 어차피 그들을 내가 바꿀 수 없을 바에는 비난할 필요도 없다.

## 복수는 지옥에서 요리한 맛있는 음식인가

사람은 부당한 대우를 받으면 복수하려는 강한 충동을 느낀다. 그래서 '복수에는 단맛이 있다' 라는 말도 있다. 이것은 복수에 의한 많은 희생을 통해 증명되어 왔다. 이 같은 희생은 복수 그 자체를 즐기기 위해서 치러진 경우도 있다.

영국의 낭만파 시인이자 소설가인 월터 스콧은 '복수는 지금까지 지옥에서 요리된 음식 중에서 가장 맛있는 음식이다' 라고 말했다. 사람들은 자연의 재난에 의한 피해에 대해서는 고통스럽지만 복수를 품지 않는다.

하지만 다른 사람의 의지 때문에 받은 피해에 대해서는 참지 못한다. 특히 다른 사람의 폭력이나 간계로 인한 피해에 대해서는 자신의 무력감과 열등 의식 때문에 보상 심리가 작용하게 된다.

따라서 상대방이 폭력이나 간계로 가한 피해에 대해서는 똑같은 수단으로 맞받아치려고 한다. 자신도 가해자 못지않게 우월하다는 것을 증명해 보이려는 것이다. 따라서 자만심이나 허영심이 강한 사람들은 복수심도 강하다.

# 사람은 증오나 경멸을 지배할 힘이 없다

우리들의 증오는 주로 심장과 관련되어 있다. 심장은 감정에 가장 예민하기 때문이다. 그러나 남을 경멸하는 일은 논리적으로 판단된 결과이기 때문에 두뇌와 관련이 깊다. 우리들의 자아에는 이 같은 증오나 경멸을 지배할 힘이 없다.

왜냐하면 심장은 불변의 것으로 심장을 움직일 수 있는 어떤 원인에 의해서만 움직이는 것이고, 두뇌는 변하지 않는 법칙과 객관적인 자료에 따라 판단을 내리는 것이므로 자아에서 관리할 수 없는 것들이다. 자아는 단지 심장(감정)과 두뇌(지성)를 결합시키는 것, 즉 그리스어로 제우그마(띠 혹은 다리)에 지나지 않는다.

증오와 경멸은 경쟁적 위치에 있기 때문에 서로 배척한다. 예를 들어 어떤 사람이 자신과 아무 관계가 없는 난쟁이를 증오하려고 해도 그렇게 하지 못한다. 억지로 미워할 수가 없다는 뜻이다. 그 대신 난쟁이를 경멸하는 일은 누구나 쉽게 할 수 있다.

경멸을 드러내는 사람은 자기가 상대방을 얼마나 과소평가하고 있는가를 타인에게 알리기만 하면 되지만, 그것은 동시에 상대방을 어느 정도 존경하고 있다는 뜻이기도 하다. 그럼에도 불구하고 순수하고 냉혹한 경멸이 표면화되면 상대방의 격렬한 증오가 뒤따르게 된다. 왜냐하면 경멸받은 상대방이 똑같은 수준의 경멸로 맞대응하기란 경멸받은 사람으로서는 어렵기 때문에 증오로 갚는 것이다.

## 행복은 멀리서 보는 숲처럼 아름다운 것

인간의 행복은 아름다운 나무들이 우거져 있는 풍경과 같다. 이 풍경을 멀리서 보면 놀라울 만큼 아름답지만 가까이 다가가거나 그 안에 들어가면 조금 전 놀라운 아름다움은 어느덧 사라지고 도대체 아까의 그 아름다움이 어디 있는지 몰라서 나무 사이에 멍청히 서 있게 된다. 우리들이 다른 사람의 명예나 재산이나 행복을 부러워하는 것도 그와 같다.

## 거울에 비친 모습은 진정한 자신이 아니다

우리는 자주 거울을 보지만 정작 자기가 어떻게 보이는지 잘 모르고 있다. 그럼 왜 사람들은 자기 모습을 다른 사람들의 모습처럼 마음속에 잘 상상하지 못하는 것일까. 그 이유는 사람들이 거울을 볼 때 똑바로 응시하기만 할 뿐, 사실은 시선을 움직이지 않기 때문에 눈동자의 움직임에 따라 변하는 자신의 진정한 모습들을 대부분 놓치고 있다.

우리가 다른 사람을 볼 때는 눈동자의 자연스러운 동작을 볼 수 있기 때문에 남의 모습은 잘 떠올릴 수 있지만 자기 모습은 이미지가 거의 잡히지 않는다. 그 이유는 눈의 동작에서 보여지는 진정한 의미의 자기 모습을 보지 못하기 때문이다.

우리가 거울을 보면서 시선을 움직이는 것은 생리적으로 거의 불가능하다. 게다가 우리는 거울에서 자기 자신을 남처럼 냉담하게 바라볼 수가 없다. 자기 모습을 냉정하게 바라보려는 것은 거울 속의 자기 모습을 객관적으로 이해하기 위해서이다

자기 모습을 냉정하게 보기 위해서는 도덕적 이기주의를 깊이 느끼고 터득하여 자기 모습을 자기가 아닌 모습으로 볼 수 있어야 한다.

## 사람은 길들여진다

인간은 무엇인가 배워서 길들여지는 일이 다른 어느 동물의 경우보다 뛰어나다. 이슬람교도들은 매일 다섯 번씩 메카를 향해 기도하도록 가르침을 받아 어기지 않고 실행한다. 가톨릭은 성호를 긋도록 가르친다. 대체로 종교는 가르치고 길들이는 면에서는 뛰어나다.

이것은 한 마디로 사고 능력을 훈련시키는 일이다. 이 같은 훈련은 아무리 빨리 시작해도 너무 빠른 경우는 없다. 아무리 나쁜 일이나 좋은 일도 여섯 살 전후해서 주입시키면 두뇌에 정확하게 입력이 된다. 대부분의 동물들이 새끼를 길들이는 것과 똑같이 사람도 아주 어려서부터 가르치고 길들여야만 그 목적을 달성하게 된다.

## 상상력은 어디서 오는가

직관적인 두뇌의 신속성에 비해서 감각기관이 별 영향을 받지 않는 사람은 뛰어난 상상력을 갖게 된다. 따라서 우리가 감각 기관을 통해 외부에서 받아들이는 직관이 적을수록 상상력은 활발해진다고 볼 수 있다.

새벽이나 밤, 혹은 어둠속에서는 상상력이 더 커지고, 감옥이나 병실 혹은 혼자만의 공간에서 고요하고 고독한 시간을 보내는 사람들의 상상력이 훨씬 강하다.

그러나 그와 반대로 직관적인 외부의 자극을 많이 받는 환경, 예를 들어 여행 중이나 소란한 군중속이나 혹은 밝은 대낮에는 상상력이 멈추고, 두뇌가 직관의 자극을 받아도 활동을 멈춘다. 그것은 상상력이 활동할 시기가 아닌 줄을 스스로 알고 있기 때문이다.

상상력 역시 외부로부터 재료를 받아들이는 저장실을 갖고 있다. 상상력은 이렇게 신체가 자양분을 섭취해야 하는 것처럼 외부로부터 끊임없이 상상적 재료를 섭취하면서 소화를 하고 있다가 적당한 시기가 되면 힘을 발휘하게 된다.

## 고전명작을 읽어야 하는 이유

독일의 낭만파 문예비평가인 A.W. 슐레겔이 쓴 아름다운 단시는 나로 하여금 어떤 책을 어떻게 읽어야 하는지 평생의 좋은 좌우명이자 지침서가 되었다.

'참된 고전의 원작을 그대로 애써 꾸준히 읽어라. 이 말에는 더 이상 덧붙일 말이 없다.'

평범한 두뇌를 가진 사람들이 쓴 책들은 하나같이 똑같다. 그것들은 마치 같은 판박이에서 찍어낸 것 같다. 저들은 모두 똑같은 생각만 하고 있을 뿐, 결코 비범한 착상을 찾아볼 수가 없다.

그런데 어리석은 독자들은 바로 그런 책들을 단지 방금 인쇄되어 출판되었다는 이유로 열심히 읽으면서 위대한 사상가들의 책들은 책상 위에 방치시키는 것이 문제다.

매일 쏟아져 나오는 평범한 졸작들은 파리 떼처럼 마구 부화하여 지금도 시중에 나와 있고, 그것이 새 책이고 단지 신선하다는 이유로 가치의 검증도 받지 않은 채 날것으로 팔려 읽히고 있다. 그런 일들을 사람들이 왜 따라하는지 그 어리석음과 편파성은 잘 이해가 되지 않는다.

머지않아 영원히 버려질 책들이 오랜 역사를 통해 꾸준히 살아남은 고전 명작들을 밀어내는 것은 불행한 일이다.

## 좋은 책은 두 번 이상 읽어야 하는 이유

좋은 책을 산다는 것은 그것을 읽기 위한 시간도 같이 사는 셈이다. 대부분의 사람들은 책을 사는 것과 그 책의 내용을 자기 것으로 만드는 것을 혼동하고 있다.

어떤 사람은 자신이 지금까지 읽은 것들을 찾아내려는 갈망이 크다. 그것은 그 사람이 지금까지 먹은 것들을 자기 몸 안에 간직하기를 원하는 것과 같다.

우리 몸은 들어온 음식물들 중에서 동질의 것들만 흡수하듯이 정신 역시 자신의 사상이나 체계가 흡수하기 알맞은 것들만 받아들여 기억하게 된다.

우리가 먹는 음식들이 모두 영양분이 되는 것이 아니라 필요 없는 것들은 배설하듯이 독서 역시 모두가 자신의 지식이 되는 것은 아니다.

비록 자신에게 매우 필요한 것들도 완전히 받아들일 만큼 우리 기억의 체계가 튼튼한 것도 아니다. '반복은 학습의 어머니'라는 말이 있다. 필요한 것들이 우리 것이 되기 위해서는 좋은 책은 두 번 이상 읽는 것이 좋다. 거기에는 두 가지 이유가 있다.

하나는 사람이란 한 가지 일을 두 번 경험하면 그 경험을 다른 것과 연관시킬 수 있는 힘이 생기고, 첫 번째에서 놓친 부분을 되살릴 수 있으며 결론에 대한 확신이 선다는 것이다.

또 하나는 첫 번째와는 아주 다른 생각과 기분을 얻게 되면서 그 자체의 인상이 달라진다. 그것은 똑같은 물체에 다른 조명을 비춰보는 것과 같다. 이것은 인간의 두뇌가 원하는 만큼의 역량을 갖고 있지 못하기 때문이다.

## 거짓말하는 동물은 인간밖에 없다

지구상에 존재하는 모든 생물들의 본질은 살려고 하는 의지에 있다. 그것은 이미 내가 위에서 밝혔다. 생물 중에서도 고등 생물들일수록 삶의 의지는 더 강하게 나타나고 있다. 살려는 의지는 지혜를 가진 짐승일수록 가장 명료하게 드러난다. 반면에 하등 동물일수록 살려는 의지가 약하게 나타난다.

그 중에도 인류의 경우에는 살려는 의지가 최고의 절정에 이른다. 인간은 모든 이성과 감정을 통해서 살려는 강한 의지를 표출하는 것이다. 특히 사람은 거짓말까지 한다.

이 거짓말도 살려는 의지의 베일을 쓰고 있다. 사람이 살려는 의지가 가장 잘 감추어져 있는 경우는 격정이나 끓어오르는 감동을 느낄 때이다.

살려는 의지는 온갖 수단과 방법을 동원하기 때문에 추하게 보이지만 열정은 그 높이가 최고조에 오르면 죽음도 두려워하지 않기 때문에 어떤 면에서는 살려는 의지마저 꺾을 수 있다.

그 때문에 사람들은 뜨거운 열정을 신뢰하고 그런 열정을 가진 사람에게 박수를 보내는 것이다. 사람들이 거짓말을 하는 사람을 싫어하는 이유는 그 거짓말 속에 살려는 의지가 교묘하게 감추어져 있기 때문이다.

이 세상에서 거짓말을 하는 동물은 인간뿐이다. 짐승들은 대체로 진실하고 정직하다. 그들은 거짓말을 할 줄 모른다. 그들은 있는 그대로의 자신을 드러내고 느끼는 대로 감정을 나타낸다. 그것은 동물들이 자연의 모습을 그대로 표현하고 있다는 뜻이다.

인간이 동물을 보고 기뻐하는 것은 우리들 자신의 본질도 그처럼 거짓없는 단순함을 좋아하도록 태어났기 때문이다. 그런데 인간은 옷을 입으면서 매우 추한 동물로 변질되었다.

옷으로 몸을 감추면서 이미 자연적인 본래의 모습을 위장한 것이다. 더구나 육식, 음주, 끽연, 방탕 등으로 인간은 자연속에서의 삶을 문명으로 오염시켜 왔다.

## 몸과 마음은 일치를 이룬다

마음이 불안하면 심장이 더 빨리 뛰는 것이 사실이다. 마음이 안정되면 심장도 천천히 뛴다. 마음의 안정을 잃고 사람이 슬픔이나 비탄에 빠지면 그로 인해서 신체적 기능이 저하되는 것은 이미 잘 알려진 얘기다.

물론 그런 경우에는 혈액 순환이나 체내의 분비물의 생성 소멸이나 혹은 소화 등 여러 생리적 작용에 나쁜 영향을 주는 것도 사실이다.

그럼 그와 반대의 경우를 생각해보자. 마음은 안정되어 있는데 몸의 생리적 기능이 나빠지고 심장이나 위장이나 혈관 등 신체의 어느 부분에서 문제가 발생하면 이번에는 다시 마음이 불안해지고 우울해진다. 이것을 사람들은 우울증이라고 부른다.

우리가 화가 나서 큰 소리를 지르거나, 혹은 거칠게 발을 구르거나 격렬한 몸부림을 치거나 하면 분노가 점차 심해지면서 격분 상태에 빠진다. 마음의 평화는 순식간에 깨지게 된다.

이렇게 몸과 마음은 하나로 작용한다. 몸 따로 마음 따로는 없다는 뜻이다. 이것이 바로 내가 늘 주장하는 의지와 몸은 일치한다는 사실을 확실히 증명해주고 있다. 나의 학설이란 몸은 바로 두뇌의 공간적 직관에 나타나는 의지 그 자체라는 것이다.